あした、裸足でこい。5
岬　鷺宮
Misaki Saginomiya
illustration§Hiten
JN034656

CHARACTERS

Tomorrow,
when spring
comes.

六曜春樹
（ろくようはるき）

坂本巡
（さかもとめぐり）

五十嵐萌寧
（いがらしもね）

二斗千華
（にとちか）

芥川真琴
（あくたがわまこと）

あした、裸足でこい。5

Tomorrow, when spring comes.

岬 鷺宮　illustration§Hiten

プロローグ | prologue

【So Much For My Happy Ending】

春風に舞う、無数の桜の花びら。

うねり、渦を巻き、生き物のように流れる薄いピンク。

その中を、俺は昇降口に向けて歩いていた。

ローファーの足裏に、アスファルトのざらつきを感じる。

吸い込んだ空気はかすかに草木の匂いがする。

周囲に集まった、制服姿の同級生たち。

彼らは卒業証書の筒を手に、赤いコサージュを胸に、『物語の終わり』にふさわしい笑顔を浮かべていた。


——時間移動《タイムリープ》って、何だったのだろう。


ふいに、そんなことを思った。

『あした』を手に入れるため、俺が何度も繰り返したそれ。

書き換えられた過去や、なかったことになった出来事、言葉、感情たち。

あれは一体、何だったのか。どんな意味を持っていたのか。

靴を脱ぎ、校舎に入る。

廊下を抜け、すぐそばの階段を上り始める。

数え切れないほど繰り返したこの登校ルーチン。

普通の生徒の何倍もやったこれも、今回で最後なのかもしれない。

――脳裏に、いくつもの景色が浮かぶ。

二斗《にと》とここを歩いたとき、胸に満ちていた幸福感。

階段を上りながら、五十嵐《いがらし》さんと交わした言い合い。

六曜《ろくよう》先輩に追われながら転がり下りた焦《あせ》り。

中学生の真琴《まこと》を初めて連れてきた気恥ずかしさ。

かつてあったこと。そして、なくなってしまったこと。

それはどこか、大好きだった物語にも似ている気がした。

かつて読んだ漫画や小説、映画。今も胸に残る、鮮やかなキャラやストーリー。

多分、と、一段ずつ目的地に向かいながら、俺は思う。

その意味を知ることができるのは、もっと大人になってからなんだろう。

すべてが過去になり、思い出になって遠ざかり、ノスタルジーすら感じなくなった頃に本当の価値は見えてくる。

きっと、青春と同じだ。

一人称視点で生きている俺たちは、終わらなければそれが何だったのかさえ理解できない。
いつだって、そうだった。

「……はあ」

四階に到着した。

北校舎と南校舎を繋《つな》ぐ渡り廊下を目指す。

卒業式直後の校舎は寂しい沈黙に包まれていて。俺と、俺のあとをついてくる『彼女』の足音だけが、ポタポタ水音みたいに響いていた。

不思議と後悔はなかった。間違えたとも思わない。

「……こんな『今』に、たどり着けたんだもんな」

南校舎に着き、俺は小さくそうこぼした。

「ずいぶん遠回りもしたけど、こんな『未来』に……」

そんな過去があったからこそ、今がある。

消えてしまった時間やなくなった光景、それが『現在』に繋《つな》がっている。

だから——俺がした選択。皆で一緒に選んだ未来。

その道を、歩んでいこうと思う。そんな日々の先で、彼らに再会したいと思う——。

そうこうするうちに、目的地に着いた。

目の前にあるのは、一枚の扉だ。天文同好会、部室の入り口。

取っ手に手をかけると、俺は『彼女』の方を振り返る。

酷《ひど》く不安そうな、動揺の露《あら》わな表情。

だから、俺は一度笑顔を浮かべると、

「大丈夫だよ」

彼女にうなずいて見せた。

「俺たちは、きっと大丈夫」

「……うん」

不安げに、うなずき返す彼女。

けれど、その表情には決心も見て取れて、

「さあ、行こう――」

俺は――右手に力を入れる。

そして、これまでと同じように、扉の向こうに足を踏み出した――。

第一話 chapter1

【tarinai】

――真琴《まこと》と星を探した年末が過ぎ。

戻ってきた、三年後の世界で。

「――巡《めぐり》、ごめんなさい」

「――本当にごめんなさい」


ようやく巡り合えた二斗《にと》は――俺がずっと求めていた彼女は。

真琴《まこと》の現在を尋ねると、震える声でそう言った。

ハッピーエンドを手に入れたはずだった。

最悪の結末を塗り替えて、最善の未来にたどり着いたはずだった。

けれど、

「……どうしたんだよ」

湧き出す『予感』に、俺は目眩《めまい》を覚えながら尋ねる。

「何か、あったのかよ。あいつに、何が……」

「……あのね」

そして、真っ青な顔の彼女は。

『この時間軸での真琴《まこと》』のことを、俺に教えてくれた。

「――卒業式の少し前に、失踪したの」

「――捜査の結果、自宅の車がなくなっているのがわかって……」

「――おととい、見つかったの。車……」

そして、罪の告白でもするように、

「――湖、の底に、あったって」

「――水没した状態で、車が見つかったって」


交流があったということで、天文同好会メンバーも警察で聴取を受けたそうだ。

また、テレビでニュースになったことや噂《うわさ》が飛び交ったこともあって、起きたことの真相はなんとなく二斗《にと》たちにも理解できたらしい。

真琴《まこと》の家は、以前から大きな問題を抱えていた。

その内容は、語るまでもないありふれたことだ。

夫婦間、それぞれの一族の不和と、向けられた悪意。

両親は精神的に追い詰められ、家庭では口論が絶えなくなった。

彼女の家の様子がおかしいことは、近所でも有名だったそうだ。

警察沙汰になったことさえ、何度かあったらしい。

そして——そんな家庭の問題は。

真琴《まこと》が苦しんできたプライベートの問題は、最悪の結末にたどり着いた。


——真琴《まこと》を巻き込んだ、無理心中という形で。


「……なん、で……だよ……」

話を聞き終え。

二斗《にと》の知る限りの情報を教えてもらった俺は——力なく椅子に腰掛けていた。

震える両手で顔を覆う。

痙攣《けいれん》でもしているように歯がガチガチと鳴った。

「なんで……そん、な……」

——全く意味がわからなかった。

真琴《まこと》が命を落としてしまう。

そんな結末、これまで過去をやり直していく中で、一度も経験したことがない。

どうしてそんなことになったのかわからないし、納得もできない。

ただ――過去の世界で、必死で生きていただけだ。
自分が歩むべき道を、全力で切り開いて進んだだけ。
俺だけじゃない。二斗《にと》だって五十嵐《いがらし》さんだって六曜《ろくよう》先輩だって、真琴《まこと》だってそうだ。
なのにどうして、こんなことになる？　どんな道理で、真琴《まこと》はこんな結末に……？
強くこみ上げる感情がある。
怒り、憤慨、悲しさ、苦しさ、寂しさにやりきれなさ。
体温が一気に上がり、手にギュッと力が籠もる。
ぽたりと、制服のズボンに何かが垂れた。
濃い色のズボンに丸く落ちた、赤黒く光るシミ。
――血だ。
拳で鼻を拭うと、手の甲にべったりと鮮血がつく。
鼻血が出ているらしい。
「……ごめんなさい」
言って、二斗《にと》がポケットティッシュを差し出した。
見れば――彼女はボロボロ涙を零《こぼ》していて。
メイクは崩れ顔中ぐしゃぐしゃになって。
俺なんかよりもよっぽどティッシュが必要そうな有様《ありさま》だった。

「真琴《まこと》ちゃん……こんなことになって……ごめんなさい……」

か細く揺れるその声。

それで……ようやく気持ちが落ちついた。

俺は四、五枚ティッシュを引き抜くと残りを彼女に返し、

「二斗《にと》が謝ることじゃないよ」

鼻の周りを拭いながら、できるだけ穏やかに言う。

「拭きなよ、涙」

「……ありがとう」

うなずいて、二斗《にと》が顔を拭い始める。

ときおりしゃくりあげながら、それでもなんとか冷静さを保とうとしている。

そんな彼女を横目に──俺は一度、大きく深呼吸をした。

まず、状況はよくわかった。

とんでもない事態が起きていることも把握できた。

間違いなく、時間移動を始めてから最悪の状況だ。

二斗《にと》が助かった、その代わりに真琴《まこと》が命を落とした──。

それはつまり──俺がそうしたから。

俺の選択によって、彼女が命を落とした――。

　こんな風になったのは、すべて俺のせいだ――。


「……ふう……」

　一度息を吐き、考える。

　以前の俺だったら、取り乱していた場面かもしれない。

　大泣き程度では済まなかっただろうし、半狂乱になっていたかもしれない。

　けれど――今回は、そうはならなかった。

　俺には過去をやり直し、目の前の二斗《にと》の隣に立った経験がある。

　だから、

「……なんとか、できるはず」

　鼻の対処を終え、俺は二斗《にと》に言う。

「きっと、俺たちなら――『時間移動』で真琴《まこと》を助けられるはず」

　ここまで過ごしてきた日々を思い出す。

二斗《にと》が失踪してしまった絶望感。

もう一度彼女といられる日々を取り戻すため、奔走した毎日。

そう、つまり俺は、既に一度『時間移動』で人を救っている——。

「過去の時間軸。俺がいるのは高校一年の、一月上旬だ」

咳払《せきばら》いして、俺は二斗《にと》に言う。

少し落ちついた様子で、彼女も「うん」とうなずいた。

「真琴《まこと》が失踪したのが、俺たちの卒業式の少し前。つまり、ここから二年以上、時間的猶予があるはずなんだ」

そういうことに、なるはずだ。

過去に戻り、救う対象が二斗《にと》から真琴《まこと》に変わる。

タイムリミットは、彼女が失踪してしまうまでの二年間。

なら——できるはずだ、と思う。

今の俺なら、真琴《まこと》を助けることができるはず。

「それに——」

と、俺は二斗《にと》に笑いかけ、

「——今回は、二斗《にと》も助けてくれるだろ?」

その手を握り、そう尋ねた。

「過去の二斗《にと》も、きっと事情を知れば俺を手伝ってくれるだろ？」

二斗《にと》を助けることができた今、俺は一人じゃない。

真琴《まこと》を助けるため、彼女も力を貸してくれるはず。

二斗《にと》と一緒に、過去をやり直していけるはず――。

「だから、大丈夫」

言って、俺はもう一度手に力を込める。

「落ちついて、色々考えよう。二斗《にと》」

目を丸くして、彼女は俺を見ている。

そのままじ……っと、俺を見つめ、え、何だろ？

なんでそんな、俺をガン見して――、

「ふ、ふふ……」

噴き出した。

二斗《にと》がふいに――小さく笑い声を漏らした。

「はは、あははははは」

「え、ど、どうした……？」

言いながら、俺はぺたぺたと顔を触り、

「な、なんかついてる？　変なとこに、血とか……」

「う、ううん。そうじゃないんだけど……」

二斗《にと》は一度大きく息を吸ってから、

「鼻に、ティッシュ詰めたまま、かっこいいこと言うから……」

「……へ？」

言われて、鼻に手をやった。

確かに、思いっきり詰め込まれていた。

無意識のうちにだろう。血の出た鼻の穴に、俺はティッシュを詰め込んでいたらしい。

「ギャップすごすぎだよ、わざとやってるの？」

「いや、完全素《す》だったわ……」

そのマヌケさに、思わず俺も笑い出してしまう。

「しまらねえなあ、こんなときに限って……」

「ほんとだよ、ばっちり決めてほしかったよ」

でも、おかげで空気が少しだけ軽くなったと思う。

真琴《まこと》の辿《たど》った結末に、凍り付いていた部室の気配。それがわずかに、緩んだ感覚——。

なら、行ける。

俺たちなら、きっと真琴《まこと》を救い出せるはず。

「絶対に、助けよう」

まっすぐ二斗《にと》を見て、俺は行った。

「俺たちで、真琴《まこと》を助けよう」

そして二斗《にと》も、銀河を宿した目でこちらを見つめ返し。

子供みたいなひたむきさで、うなずいてくれたのだった。


「――うんっ！」

＊

まずは――『未来』に残ったままで情報収集することになった。

過去に戻るのは後回し。すべてが終わった三年後の世界で事情を把握する。

「――必要なのは、二点の情報だな」

相談のために、やってきた喫茶店で。

帽子とマスク、メガネのフル装備で変装する二斗《にと》に俺は言う。

「二点？」

「ああ。『なぜ、他の時間軸と違う結末になったのか』と、『どうすればそれを回避できるのか』だ。それがわかんないと、三年前に戻っても時間を浪費するだけだから」

この未来で、二斗《にと》は今まで接したどのタイミングよりも有名人だ。

既に海外公演にも行ったらしいし、年末は紅白歌合戦にまで出演したらしい。

マジかよ、ガチのトップアーティストじゃん……。

並び立つことができたとはいえ。そこまでのトントン拍子を見せつけられると、どうしても若干気圧《けお》されもするのだった。

「これまでの時間移動でも」

そんな緊張を飲み下し、俺は言葉を続ける。

「そんな風に問題を解決してきたんだ。未来で原因を把握して、過去でなんとかするみたいな」

「ふんふん、なるほどね」

チョコチップクッキーをかじりつつ、二斗《にと》はスマホにメモを取る。

理知的な印象の協力姿勢が、今の俺には心強い。

「情報収集は、地道に聞き込みをするしかないかもね」

「うん、そうなると思う」

うなずいて、俺はふっと息を吐いた。

今回、知りたいのは『これまでとの違い』だ。

以前の時間軸とこの時間軸の真琴《まこと》は、どこに変化が起きたのか。

彼女の受験から二年生終わりまでに、初めて発生した出来事は何か――。

「……正直、難航するかもなあ」

色々と想像して、俺は背もたれに体重を預けた。

「これまでは学校で問題が起きてたけど、今回は家でかもしれないし。事情の把握は、大変かもなあ……」

「そうだねえ……」

家庭内の問題なんて、そう簡単に外に出るもんじゃないと思う。

しかもそれが、心中にまで至る深刻なものだったらなおさらだ。

警察の捜査でも、完璧にすべてがわかる、ってわけでもないのかもしれない。

とはいえ、

「まあ、ひとまず動き出そう」

カップの中のコーヒーを飲みほし、俺は言う。

「まずは真琴《まこと》の友達とか。天沼《あまぬま》高校の同級生とかから、聞き込みを始めてみるか」

そうするしかないだろう。

足で情報を稼ぐ。彼女の知り合いに話を聞いて、ヒントを集める。

今回は、地道にそうやって始めるしかない。

――なんて、思っていたのに。

「ん？　天沼《あまぬま》高校……？」

ふいに——二斗《にと》が首をかしげた。

「天沼《あまぬま》高校の生徒に聞くの？」

「あ、ああ。もちろん」

質問の意図がわからず、俺はぎくしゃくうなずく。

「だって、学校での真琴《まこと》の様子を聞くなら同級生だろ。もしかしたら、色々話してるかもしれないし……」

自然な発想だと思う。

クラスメイトやあるいは先生に、家庭のことを話している可能性はあるはず。

もちろん、確実に情報を得られるとは限らないけど、順当な手順のはずだ。

「そ、そっか。なるほど……」

けれど二斗《にと》は、どこか動揺した様子でこくこくうなずいている。

「巡《めぐり》はまだ、知らないんだね……」

「知らないって、って？」

意味が飲み込めず、自然と眉間にしわが寄った。

「さっきから二斗《にと》、何の話をしてるんだよ？」

「えっと、あのね……」

言葉を選ぶように、二斗《にと》は一度視線をさまよわせてから、

「天沼《あまぬま》高校、入らなかったの……」

困惑した表情のままで、俺にこう教えてくれた。

「真琴《まこと》ちゃん、この時間軸では……他の高校に入ったんだ」

＊

「――入試に、落ちた……？」

「うん……」

そして――その晩。

真琴《まこと》の友人である俺の妹、瑞樹《みずき》に尋ねると、彼女は泣きそうな顔でうなずいた。

「そうだよ、真琴《まこと》、受かるの確実って言われた天沼《あまぬま》高校に落ちて……ちょっと遠くの私立に行ったじゃない」

さらに、そこに付け足すようにして、

「……忘れちゃったの？」

訝《いぶか》しげな表情だった。

信じられない、といった声色《こわいろ》だった。

「お兄、あの子が中学のときは結構仲良くしてたのに……」

「……あ、そ、そうだよな！」

慌ててそう言い、俺は瑞樹《みずき》に手を振って見せる。

「も、もちろんわかってたよ！　でもほら……あんなことがあった直後だし、混乱してて！

わかりきってることも、念のため確認しておきたかったから……」

「……そう」

すっかり元気をなくした様子で、瑞樹《みずき》はうなずく。

「気持ちはわかるよ。わたしも、本当にショックだし……」

そう言って、俺の部屋。ベッドに腰掛け、瑞樹《みずき》はぽろぽろ涙を零《こぼ》す。

ちょっとぽっちゃりしていたその身体《からだ》も、俺の記憶の中よりもいくぶんやつれて見えた。

二斗《にと》と話してわかったのは――あまりにも大きな変化だった。

真琴《まこと》は天沼《あまぬま》高校に入学せず、他の高校に入学。

以降、二斗《にと》や俺や五十嵐《いがらし》さん、六曜《ろくよう》先輩を避けるようになり、ほとんど交流もとだえてしま
った――。

……心底驚いた。

俺の中で、真琴《まこと》といえば高校の後輩だ。

天沼《あまぬま》高校の制服を着ている姿がデフォルトで、それ以外の私服を見ることもまれだった。

それに……過去の時間軸、阿智村《あちむら》での小惑星探しに行く前に、彼女自身言っていたはず。

天沼《あまぬま》高校を受験する予定であること。

成績を考えれば、受かる可能性は高いこと。

だからもはやそれは、俺にとって確定した未来でしかなかった。

じゃあ、どうして？　なんで真琴《まこと》は、他の高校に……？

「多分、わざと落ちたんだと思う」

混乱する俺に、瑞樹《みずき》はそう続ける。

「成績から考えて、あの子が落ちるとは思えないし。多分、真琴《まこと》はわざと失敗したんだよ」

「そう、なのか」

「うん。本人もなんか、それっぽいことも言ってて」

そう前置きすると、瑞樹《みずき》は思い出すような顔になり、

「卒業式の日にね『これでよかったんだ』って。『こうするのが正解なんだ』って、あの子、そんなことを……」

こうするのが……正解。

何が正解なんだろう？　天沼《あまぬま》高校に入るのは間違いなのか？

「そのときは、わたしも意味わかんなかったし、高校に入ってからも幸せには見えなくて……」

「お、おお。高校に入ってから！」

そのフレーズに、俺は思わず椅子から立ち上がった。

「瑞樹《みずき》、知ってるのか？　真琴《まこと》がその高校に入ってから、どんな感じだったか……」

「……うん」

相変わらず怪訝《けげん》そうな目で、瑞樹《みずき》は俺を見上げる。

「そりゃ知ってるよ、あれだけラインで通話してたし、うちにもちょこちょこ遊びにきたじゃない。中学のときほどじゃなかったけど……」

「あ、ああ……そうだったな」

「うん……」

ふうと息を吐き、物憂《ものう》げに視線を落とす瑞樹《みずき》。

普段はどちらかというと、のほほんとして抜けた性格の妹。

そんな彼女が、こういう表情を見せることに胸が詰まった。

でも……そうだよな。瑞樹《みずき》にとって、真琴《まこと》は親友だった。

二斗《にと》と五十嵐《いがらし》さんのような、お互いを大切にし合える友達だった。

そんな相手がこんな結末を迎えれば、これまで通りでいることなんてできないだろう。

「高校の頃の、真琴《まこと》のこと」

瑞樹《みずき》の気持ちを慮《おもんぱか》りながら、俺は尋ねる。

「聞ける範囲で、聞かせてもらってもいいか？」

「うん……」

一度唇を噛《か》むと、瑞樹《みずき》はぽろぽろこぼすように話を始めた。

——二斗《にと》の言っていた通り、真琴《まこと》の家は元々複雑な事情を抱えていた。

——中学の頃から、トラブルが絶えなかった。

——高校でも、家庭内の不和は加速。

——天沼《あまぬま》高校ではなく、遠方の私立に入ったのが裏目に出た。

「まず……登下校で、結構時間かかるところに入っちゃったから」

沈んだトーンで、真琴《まこと》は言う。

「しかも部活必須だから。家で両親が二人の時間が増えて、揉《も》めることも多くなったって」

「なるほど」

「あとは……学費も苦しかったみたい。よくバイトしてたし、帰りも毎日遅くなってた」

すん、と瑞樹《みずき》は小さくはなをすすり、

「それで、こうなったんだと思う。この間行った、荻窪《おぎくぼ》署の人もそう言ってた……」

「そっか。ありがとう」

話を聞き終え、俺は背もたれに体重を預ける。

「そんなことが、あったのか……」

全く知らない、真琴《まこと》の一面だった。

彼女とは、かつての時間軸で二年も一緒にいたはずだった。

二人で部室に入り浸り、とりとめもなく話をしてきた。

俺の人生で、一番会話をしたのは間違いなく彼女だろう。

なのに……、

「全然、話してくれなかったじゃねえかよ……」

悔しさに、俺は拳をギュッと握った。

「真琴《まこと》、そんなこと一言だって……」

もちろん、状況が違ったのかもしれない。あの時間軸の真琴《まこと》は、天沼《あまぬま》高校に入ったことで家庭環境も改善。言うほど辛《つら》い思いをしなかったのかもしれない。

それでも……やっぱりショックだった。

間近にいた彼女に、そういう展開が訪れたこと。

その種は中学の頃からあったということが、耐えきれないほどに。

「……どうすれば、よかったんだろう」

そんな俺の隣で、瑞樹《みずき》がぼやくように言う。

「わたし、どうすれば……こんなことにならずに、済んだんだろう……」

……そう、そうだよな。

どうすればよかったのか。

こんな結末を、どうすれば回避することができるのか。

本題はそこだ、今の俺は落ち込んでいる場合なんかじゃない。

「ありがとな、瑞樹《みずき》」

だから俺は、うつむく妹にそう言った。

「教えてくれてありがとう。辛《つら》かったろうに、ごめんな」

「ううん」

首を振り、気丈に笑って瑞樹《みずき》は言う。

「大切な友達のことだから。わたしも、忘れたくないし」

「……だよな」

大きく息を吸って、俺も思う。

この気持ちを、忘れないでいよう。二斗《にと》が失踪したときと同じだ。

この苦しみを、悲しみを繰り返さないよう、俺は前に進もう。

瑞樹《みずき》の部屋を出て、俺は二斗《にと》に通話をかける。

そして、

「やるべきことがはっきりした」

スマホの向こうの彼女に、そう告げた。

「明日過去に戻るから。よければ二斗《にと》も、立ち会ってくれよ――」

＊

「――じゃあ、巡《めぐり》がこれからやることって」

「ああ」

そして――翌日。集合した、春休み明け間近の部室にて。

ピアノの前に腰掛けて、俺は二斗《にと》にうなずいてみせた。

「真琴《まこと》を――天沼《あまぬま》高校に入学させる」

「この天文同好会に、入ってもらうんだ――」

それが、瑞樹《みずき》との話を経てたどり着いた俺の目標だった。

これまでの時間軸と今回の時間軸、最大の差はそこだ。

真琴《まこと》が天沼《あまぬま》高校に入らなかった。天文同好会に入部しなかった。

それが——真琴《まこと》の家庭の不和の悪化に繋《つな》がっていた。

だから……彼女を天沼《あまぬま》高校の生徒にする。そうやって、不幸な終わりから彼女を遠ざける。

それが今回、俺のやるべきことだ——。

「でも……できるの？」

不安そうな顔で、二斗《にと》は言う。

「巡《めぐり》、過去に戻ったら一月くらいなんでしょ？」

「だな」

今回こっちにやってきたとき、過去の時間軸の日付は年明けてすぐだった。

ここで改めてピアノを弾けば、その時間の続きに戻ることになるだろう。

「それで、天沼《あまぬま》高校の入試は……いつも二月下旬くらい。つまり、二ヶ月しかない。そんな短い時間で、なんとかなりそう？」

「勝算は……ゼロではないと思う。そもそも学力は十分で、問題は気持ちなんだ。だから、彼女が天沼《あまぬま》高校に入る理由を作れれば……十分に、未来は変えられるはず」

実際俺は——彼女と二年間、天沼《あまぬま》高校で過ごした経験がある。

真琴《まこと》は基本的に、筋が通った話なら聞き入れてくれるタイプだ。

だから、希望は十分に残っているはずだ。

……ただ。

「……残酷かもね」

短く黙り込んだあと。

二斗《にと》はそう言って、どこか自分を責めるように笑った。

「この時間軸で、真琴《まこと》ちゃんにこの学校に来なよって言うのは。しかもそれが、巡《めぐり》からっていうのは……すごく残酷なのかも」

その表情に滲《にじ》む、かすかな罪悪感。

まだはっきりはしていない、けれどきっと彼女の中に芽生えたであろう『ある予感』。

「……そう、なのかもな」

俺も、きっと彼女と同じ『予感』を覚えていた。

瑞樹《みずき》に事情を聞いて、色々と思い出してたどり着いたとある予想。

真琴《まこと》が天沼《あまぬま》高校を避けてしまった原因は、多分……。

彼女がそんな選択をしたのは……。

……もちろんそれを、口に出すことはできない。

まだ確定にはほど遠いし、ちょっと自意識過剰だとも思う。

けれど——他に、真琴《まこと》がそうする理由を思い付かなかったし、

「だとしたら、なおさら放っておけない」

唇を噛《か》み、俺は二斗《にと》に主張する。

「生きてれば、きっとなんとかなるんだ。だからまずは、真琴《まこと》を助けたい……」

——こんな結末は、あってはいけないんだ。

こんな未来を、俺は俺に許しちゃいけない。

その気持ちは、どうやったって揺るがない。

「だから……絶対に、変えてみせるよ」

宣言するように、俺は二斗《にと》に言う。

「真琴《まこと》といられる未来を、絶対に手に入れる」

「……うん」

力なく笑って。泣き出しそうな顔で二斗《にと》はうなずいた。

彼女は椅子から立ち上がり、俺を後ろからぎゅっと抱きしめる。

「頑張って。向こうのわたしによろしくね。きっと、協力すると思うから」

その台詞《せりふ》に——愛おしさが胸にこみ上げた。

うれしさ、ありがたさ、二斗《にと》に対する恋する気持ち。

けれど……それだけじゃなかった。

「……さよなら」

小さくつぶやく、二斗《にと》の声。

二斗《にと》が口にする、別れの言葉。

それで――俺は改めて実感する。
――この時間軸、この二斗《にと》とはもう二度と、会うことはできないのだと。
――こうして触れている『二斗《にと》』とは、これでお別れなのだと。
次に未来に戻るとき、そこにいるのは別の時間軸を辿《たど》った二斗《にと》だ。
目の前にいる彼女とは、全く別の人間なんだ――。
思い返せば……すべては、この子に会うためだった。
卒業後の未来で元気で生きている二斗《にと》。
この子に会うために、俺は過去を何度もやり直してきた。
そんな彼女との――永遠の別れ。短い最後のひととき。
一度、彼女の手を強く握った。
見上げると、部室の窓からは春の光が優しく差し込んでいる。
だから俺は、零《こぼ》れそうになる涙をぐっとこらえて、
「……いってくる」
短く言うと、十指を鍵盤の上に置いた。
「ありがとな、二斗《にと》……」
そんな俺に、二斗《にと》は一度身体《からだ》を離し。
目に涙を溜《た》めると、それでも満開の笑みで言ってくれたのだった――。

「――いってらっしゃい!」

第二話 chapter2

【正しい星の数え方】

そして——戻ってきた、二年前の世界。真冬の下校時間。

俺もかつて通っていた、四面道《しめんどう》中学の正門前で。

「……何してるんですか、先輩」

俺の姿に気付いた彼女は、目を丸くしていた。

「こんなところで、こんな時間に。もしかして……瑞樹《みずき》待ちですか？」

「ああ、いや。そうじゃなく、て……」

俺の前に立つ、小柄な女子。

金色だったはずのショートヘアーは、いつの間にか真っ黒に戻されている。

切れ長の目は不思議そうに俺を見上げ、眉はどこか怪訝《けげん》そう。

制服の上にはコートを羽織り、温かそうなマフラーが口元を隠していた。

俺の大切な後輩。芥川《あくたがわ》真琴《まこと》。

「どうしたんです？」

黙っている俺に、真琴《まこと》は首をかしげる。

「何かあったんですか……？」

感情があふれ出しそうだった。

未来で既に、命を落としてしまった真琴《まこと》。

その彼女が、今目の前にいる。生きていて、呼吸していて、不安げに俺を見ている。

うれしかった。ずっとこうであってほしかった、絶対に守りたいと思った。

けれど——それを今、口にすることはできない。

未来のことは、まだ隠しておこうと思う。

「……真琴《まこと》に、会いに来たんだよ」

かすれる声でなんとかそう言う。

「だからここで、待ってたんだ……」

「ええ……」

なんだか動揺した様子で、真琴《まこと》は視線を泳がせた。

「なんでそんな、突然……」

真琴《まこと》とは、阿智村《あちむら》に行ってからほとんどやりとりをしていなかった。

あけおめラインくらいは送ったけど、それ以外のメッセージは特になし。

というのも……俺は年末、真琴《まこと》に気持ちを打ちあけられたばかりで。

好きだと言われ、そのうえ「二斗《にと》先輩に勝てるとは思いません」なんて言われた直後で、どんな話をすればいいのかわからなかった。

そりゃ真琴《まこと》も動揺するだろう。

そういう相手がいきなり正門で待ってて、会いに来たとか言うんだから。

もしかしたら、もう一生会わないつもりでもあったのかもしれない。

「話したいことがあるんだ」

そんな彼女に、平静を装《よそお》いながらそう言った。

「下校に、付き合ってもいい？」

「……いい、ですけど」

困惑半分、警戒半分みたいな顔でうなずく真琴《まこと》。

「では、行きましょうか……」

そう言って、彼女は俺の前に立ち歩き出す。

その背中に、もう一度気持ちがこみ上げるのを感じつつ、

「おう」

言葉少なにそう言って、彼女のあとに続いた。

＊

「……で、話って？」

真琴《まこと》が切り出したのは、学校から少し歩いた頃。

人通りの少ない、裏路地に入ったところでだった。

「何の用ですか、わたしに」

「あー、えっと、その……」

未《いま》だに感情に翻弄されていた俺は、その声で我に返る。

そうだ、そろそろ本題に入らないと。

天沼《あまぬま》高校の入学試験まであと二ヶ月。こんなところで不審に思われてる場合じゃない。

ただ、

「……まあ、その」

なんだか、切り出す口調がもごもごしてしまった。

「受験勉強は、どんな感じよ？」

「受験勉強ですか……？」

「だってほら、入試も近いだろ？　調子、どうかなって……」

入り口が、どうにも難しかった。

彼女に本題を切り出す、その方法が難しい。

コミュ力がない上に、今日は俺は一人きり。助けてくれる人もいないからなおさら。

――ちなみに。

こっちに戻ってきた直後、二斗《にと》にはすべてを明かしてあった。

真琴《まこと》が辿《たど》る結末や、そのあと見えてきた原因。

そして、俺がこっちの時間で何をしようとしているのかも。

「──絶対に、真琴《まこと》ちゃん助けよう」

真剣な顔で、二斗《にと》はそう言ってくれた。

「──何があっても、あの子に天沼《あまぬま》高校に入ってもらおう」

予想通りではあったけれど、うれしかった。

二斗《にと》が味方になってくれる。同じ未来を目指してくれる。

これまで二斗《にと》を助けるために奔走してきた俺としては、夢のような展開だった。

ということで、彼女と相談の上。まずは真琴《まこと》の感触を探ろうということになり、こうして実際彼女に会いに来たのだった。

ちなみに、単独行動なのも二斗《にと》の発案である。

「──女心を考えなよ！　わたしがいたら超嫌《いや》でしょ！」

とのこと。ためになるアドバイス、痛み入ります……。

「どうって、別に普通ですよ？」

真琴《まこと》は、けれど怪訝《けげん》そうな顔で俺に言う。

「模試も調子がいいですし。多分普通に受かるんじゃないかと」

「……そっか」

まあ、予想していた展開だった。ここで気軽に本音を言うわけがない。

もちろん、この段階では受かる気でいた、って可能性もある。

けれど慎重派の真琴《まこと》のことだ。内心既に、気持ちは固まりつつあるはず……。

だから、それを確かめるためにも、

「あはは、いや。大したことないんだけどさあ」

あくまで俺も、ごく何気ない口調で続けた。

「この間、うちの高校がぼろかったりするとこ見られちゃったし。併願は、私立のきれいなとこだろ？　校舎建て替えたばかりの」

「まあ、そうですね」

「やっぱり気が変わって、あっち行こうと思ったり、してはいないかなって……」

その言葉に、真琴《まこと》は唐突にその場に立ち止まる。

切れ長の目を、じっとこちらに向ける。

二斗《にと》とは違う、深海みたいな奥行きをたたえたその瞳。

そして、

「……はあ～……」

深くため息をついた。

心底面倒くさそうな。勘弁してよ、とでも言いたげな表情で。

彼女はもう一度歩き出しながら、

「……先輩」

「未来に行ってきたんですね……」

低い声、こぼすような口調でそう言う真琴《まこと》。

「わたしがどうするか、見てきたんですね……」

——気付かれた。

俺がその内心を知っていることを、完全に悟られた。

「……まあな。確かに、見てきたよ」

「そうですか。それで」

つまらなそうな口調で、真琴《まこと》はこちらを振り返り、

「わたしを説得に来たと。受験、本気出せみたいな」

「……まあ、そういうことだ」

ここはもう、腹を割った方がよさそうだ。

駆け引きなんて得意じゃないし、ストレートに行くしかない。

「なあ……天沼《あまぬま》高校に入ろうぜ」

強い願いを込めて、俺は真琴《まこと》に言う。

「絶対楽しいし、天文同好会のみんなも歓迎してくれるよ」

俺と二斗《にと》はもちろん、五十嵐《いがらし》さん、六曜《ろくよう》先輩もそうだ。

「おう」

先日天沼《あまぬま》高校を訪れた真琴《まこと》を、彼らは総出で歓迎してくれた。

きっと、一度目とも違う楽しい高校生活にできるだろう。

心中という結末を度外視しても、良《い》いことずくめなはずだ。

「俺も、高校生活には真琴《まこと》がいてほしい」

だから俺は、縋《すが》るような気持ちで言う。

「頼むよ、天沼《あまぬま》高校に入ってくれ」

「嫌です」

けれど――ほとんど間も空けず、真琴《まこと》はそう返す。

「お断りします」

これまでも、この子にお願いをすることは何度もあった。

特に、一度目の高校生活。

ゲームの対戦で負けたあと「頼む！　もう一回！」とお願いしたり。

自販機に行く彼女に「俺ミルクコーヒー」とお願いしたり。

そんなとき真琴《まこと》は、いつも心底面倒くさそうに。それでも、一割ほどの「うれしさ」みたいなものを顔に浮かべて、こう言ってくれた。

「――仕方ないなあ……」

けれど、今回の反応はその正反対で。

真琴《まこと》は見たことがないほど、冷ややかな表情でこちらを見ていて、

「……なんでだよ。なんでそこまで、頑《かたく》なに……」

「普通に嫌なんですよ。天沼《あまぬま》高校の生徒になりたくないんです。それだけです」

——酷《ひど》く抽象的な言い方だった。

全く答えになっていない、それ以上先に踏み込ませない回答。

そして——その言い方に。

彼女の否定に、もう一度俺の頭に景色が浮かんだ。

一度目の高校生活。彼女とダラダラ浪費してしまった日々のイメージが——。

——初めて彼女が部室に来た日のこと。

「ここが先輩の巣ですか」なんて言って、周りを見回す真琴《まこと》の表情。

——体育祭をサボって、二人で窓から眺めた球技の決勝戦。

悪いことをしているわくわく感に、「わたしたち、共犯関係ですね」と笑っていた真琴《まこと》。

——大雨で、帰るのも面倒になってゲームをやった放課後。

盛り上がるでもなく特別楽しいわけでもなく、けれどこんな時間が、ずっと続いてもいいんだけどなと思った梅雨の夕方。

そんなとりとめもない。当たり前に、そこにあった俺たちの毎日——。

真琴《まこと》に――そんな日々を否定された気がした。

二人で過ごした二年間。真琴《まこと》がそれを、拒んでいる。

好きじゃなかったはずだった。

そんな毎日に、「俺らマジどうしようもねえな……」と劣等感を覚えていた。

けれど、それをはっきり拒まれた今。

なぜだろう、俺は息のできない苦しさに見舞われていた。

「じゃ、じゃあ！」

それでももう一度口を開き、提案を続ける。

「顔出すくらいは、してくれよ！」

「……顔を出す？」

「うん！」

笑みを浮かべ、俺は彼女にうなずいた。

「うちの高校に、遊びに来るんだよ！」

ここからは、二斗《にと》の提案で用意してあった作戦の二段階目だ。

今回、真琴《まこと》に変わって名参謀になってくれそうな彼女が用意した、プランB。

「押してダメなら別角度から押せ！　情に訴える戦法」である。

「ほら、阿智村《あちむら》行ってから、一度もうちの学校来てないだろ？」

用意してきた通り、彼女が天沼《あまぬま》高校に関わってくれそうな話を繰り出す。

「五十嵐《いがらし》さんも、六曜《ろくよう》先輩も、その後真琴《まこと》がどうしてるか気にしてるし。それこそ、千代田《ちよだ》先生もな。もちろん二斗《にと》だって、会いたがってる」

これは全部本当のことだ。

年末の一件以来、部員は皆真琴《まこと》のことを友達だと感じ始めている。

会って話したいと思っているだろうし、今でも毎日のように話題に出る。

「なのに、このままバイバイは……さすがにないだろ」

「……なるほど」

案の定。今日初めて、考え込むような表情になる真琴《まこと》。

「確かに、きちんとあいさつもできてなかったですね……」

真琴《まこと》、こういうところはちゃんとしているのだ。

世をすねたような顔をしているし、フレンドリーなタイプではない。

けれど、よくしてくれた人への礼儀はちゃんとしているし、最低限の社交性は持っている。

「だから、遊びにくるくらいの気持ちでいいからさ」

言って、俺は真琴《まこと》の顔を覗《のぞ》き込《こ》むと、

「一度、うちの高校に来てくれないか……？」

真剣に、そう頼み込んだのだった。

＊

「――ようこそ真琴《まこと》ちゃん！」

「――久しぶり！　年末以来か？」

数日後。千代田《ちよだ》先生に話を通し、真琴《まこと》を連れてきた部室にて。

待っていた五十嵐《いがらし》さん、六曜《ろくよう》先輩はうれしげに彼女を迎え入れてくれた。

そして――二斗《にと》も。

わざわざ仕事を空けてきてくれた二斗《にと》も、どこか切なげな笑みを浮かべつつ、

「今日は、ゆっくりしていってね」

妹を見る姉のような顔でそう言った。

「阿智村《あちむら》でのことも、色々聞きたいし」

「はい、ありがとうございます……」

どこかぎくしゃくした態度で、真琴《まこと》もうなずいた。

「うれしいです、歓迎していただいて……」

台詞《せりふ》とは裏腹に、彼女の態度にはやはり『壁』の存在が感じられた。

こうして真琴《まこと》を部室に招くのは「やっぱり天沼《あまぬま》高校に入ってもいいかな」と思ってもらうためだ。そのことは真琴《まこと》も当然気付いているだろう。

だから、安易に心を許すまいと。

ここにいることを楽しんだりはするまいと、気持ちにバリアを張っている……。

けれど、

「――ほらここ、座って座って」

「――飲み物は、お茶でいいか？」

「――あ、わたしおやつ持ってきたんだった」

「――マジ？　バレたら没収されるんじゃないの？」

「――あはは、今日だけ特別ってことで」

ごくナチュラルに、お茶会を始めようとする同好会の面々。

二斗《にと》はともかく、事情を知らない五十嵐《いがらし》さんと六曜《ろくよう》先輩は、純粋に真琴《まこと》と話せるのを楽しみにしていて。彼らが真琴《まこと》に向けている好意は、裏表のない素朴なもので、

「――え、あ、ありがとうございます……」

「――そうですね、阿智村《あちむら》はすごく寒かったです。山ですし……」

「――今でも、天文台の職員さんとはやりとりしてるんです」

「――今度、旅行にも来てねって言ってもらえて……」

気付けば真琴《まこと》も、少しやわらいだ口調でそんなことを話し始めていたのだった。

そして——二時間ほど経過した頃。

「——だから坂本《さかもと》先輩、本当に酷《ひど》くて」

そう言う真琴《まこと》の口調は、ほぼフラットなものに戻っていた。

普段の彼女らしいハスキーな、ちょっと気だるげな話し方。

それを聞く同好会メンバーも、ごく自然に楽しげで、

「パンツだけはいた状態で、こっちにお尻見せつけてきて」

「うわマジ……？」

「そりゃ災難だったな……」

「訴えたら何かしらの罪に問えるんじゃない……？」

阿智村《あちむら》での俺のパンイチ転倒事件を肴《さかな》に、謎に盛り上がっているのだった。

「だから、あれは事故なんだって！」

慌てて椅子を立ち、俺は主張する。

「見せたくて見せたわけじゃねえんだよ！　タイミングが悪かったの！」

そう、マジで不幸が重なった末の事故だったんだ、あれは。

部屋を出る直前、俺が着替えているタイミングで真琴《まこと》が部屋の扉を開けてしまった。

結果、彼女はパンイチの俺を目撃。

さらに俺が動揺のあまり転倒したせいで、がっつりお尻を見るハメになってしまった。

「てか、むしろそっちだってガン見してただろうが！　部屋の扉開けっぱなしで、俺を見てたじゃねえかよ！」

「で、ですからあれは、扉が壊れてたんです！」

今日一番のテンションで、真琴《まこと》が言い返す。

「ほら、民宿古かったから！　ちょっと建て付け悪くなってて！」

「逃げればいいだろ！」

「そしたら先輩、一人で露出してるただの変態になりますよ！」

真琴《まこと》が言い返して、笑い声が上がる。

二斗《にと》はじゃがりこをかじりながら、五十嵐《いがらし》さんはパソコンで動画編集をしながら。

六曜《ろくよう》先輩にいたってはお腹《なか》を抱えて酷《ひど》く楽しげな声を上げていた。

もう既に、完全にこの場に馴染《なじ》んでいる感覚があった。

この五人で『天沼《あまぬま》高校天文同好会』なんじゃないかという気すらしてくる。

話題はさらに転がって。

「そう言えばさー。真琴《まこと》ちゃん、中三でしょ？」

五十嵐《いがらし》さんが、ごく自然にそう尋ねる。

「受験大変じゃない？」

「……ええ、そうですね」

飛び出した『受験』という単語に、真琴《まこと》の表情がちょっと硬くなった。

「それなりに、そこそこ……」

「わたし、今でもちょっとトラウマだよー」

真琴《まこと》の変化に気付いていないのか、五十嵐《いがらし》さんは頬杖《ほおづえ》をつき、

「千華《ちか》と同じ学校入りたかったから、必死で受験勉強して。あのときは辛《つら》かったー」

「真琴《まこと》は、順調なのかよ？」

椅子の上で長い脚を組み、六曜《ろくよう》先輩が尋ねる。

「対策はもう進んでんのか？」

そして――その質問に真琴《まこと》は。

今回の核心に近い質問を向けられた彼女は、

「……ええ、順調です」

硬い声色《こわいろ》のまま、そう答えた。

「模試の結果もいいですし、面接の準備もばっちりです……」

「おおー、いいねいいね！」

「てことは、後輩になるのは確実だろうなー」

盛り上がる、五十嵐《いがらし》さんと六曜《ろくよう》先輩。その隣で、少し居心地悪そうな真琴《まこと》。

そんな彼らを眺めながら——今日は、こんなものだろうと思う。

まだ真琴《まこと》は、俺たちに完全に心を開いているわけではない。

どこか本心を隠して、自分を作って接している。

けれど……二斗《にと》と話していた今日の目標は『まずはこの場に来てもらう』だ。

心の距離を縮める、スタートラインに立つこと。

それができただけ、今日のところはよしとしたい。

「実際、真琴《まこと》が入ってくれれば動画も強化されるんだよなー」

考えるのを一度やめて、俺も会話に混ざった。

「部員も増えて、同好会から部活への昇格も目指せるかもしれないっすね」

「おーそうか！」

「だとしたら、部費とか出るようになるのかも」

「そしたらわたし、自動導入の赤道儀《せきどうぎ》買いたい！」

もう一度盛り上げ始める会話。緩む場の空気。

硬い顔をしていた真琴《まこと》も、どこか困ったような顔で笑い、小さくつぶやいた。

「あはは、入学してからも頑張らないとですね……」

＊

「──今日は、ありがとな」

その日の解散後。

二斗《にと》を駅まで送り、真琴《まこと》とやってきた彼女の自宅前で。

部室での会話を思い出しながら、俺はそう言った。

「みんなも、真琴《まこと》に会えてうれしそうだった。来てくれてよかったよ」

「いえ、こちらこそありがとうございます」

存外素直な口調で、真琴《まこと》はそう言う。

「正直、純粋に楽しかったです。いい息抜きになりました」

それはきっと、真琴《まこと》の本心なんだろうと思う。

メンバーとの会話を見る限りでは、真琴《まこと》は本当に彼らとの会話を楽しんでいた。

かつての高校生活ではそんな光景見たことがなかったから、新鮮な気分だった。

仮に天沼《あまぬま》高校の生徒になれば。天文同好会に入ればどんな毎日が待っているかは、これでイメージしてもらえただろう。

「……まあ、また遊びに来てくれよ」

だから俺は、そんな風に続ける。

「俺ら、これまで通り集まってダベったり、動画作ったりしてるから。ちょくちょく誘うし、気が向いたときには来てくれるとうれしい」

実は、二斗《にと》と話した今日の目標はもう一つある。

『できれば、次に繋《つな》げる』だ。

部室に来てもらうことができたら、楽しく一緒に過ごすことができたら。

それを——次回に繋《つな》げる。これからも、交流する流れを作り出す。

今なら、できる気がした。

二人だけの帰り道、どこか無防備そうな真琴《まこと》。

今の彼女なら、この先の話をできる気が。

「なるほど……」

案の定、うなずいて考える顔になる真琴《まこと》。

そして、彼女はふっと息を吐き小さく笑うと、

「……そのくらいは、いいですよ」

静かにそう応えてくれた。

「今日みたいに、話をするくらいなら……」

「そっか、ありがと」

よかった、これなら『次回』がある。

これからも、部室で真琴《まこと》と会うことができる……。

目標に向かって前進した、はっきりとした手触り。

「では」

小さく頭を下げ、真琴《まこと》が家に帰っていく。

「また今度、おやすみなさい」

「ああ、おやすみ」

そう言って、真琴《まこと》に手を振って見せる。

扉の向こうに彼女の姿が消えて、ガチャリという音とともに鍵がかけられる。

「……ふう」

一度息を吐き、その家を見上げた。

比較的築年数の浅そうな、ごく普通の一戸建て。

そして、表札に書かれた『江川《えがわ》』の苗字《みようじ》。真琴《まこと》の苗字《みようじ》、芥川《あくたがわ》とは違うその名前……。

——二年後。この家庭は、とてつもない悲劇的な結末を迎える。

一家心中、車でダム湖に飛び込むことになる。

どうしても、体感的には信じられなかった。

前回来たときとは違い、今日はその中から誰かの声や、物音が聞こえたりはしない。

住宅街にある、ただ普通の一軒家のように見える。

そんな家で、ニュースになるような事件が起きるなんて……。

……けれど、そんなものなのかもしれない。

人だって家だって同じだ。

外からはごく普通に見えても、その中では嵐が渦巻いていたりするんだろう。

だから、

「絶対に……助けるからな」

俺は一人、その家に向けてそうつぶやいたのだった。

「絶対に、あんな結末回避するからな……」

*

それ以来、ちょくちょく真琴《まこと》と天文同好会で交流する日々が続いた。

週に一度程度彼女がやってきて、雑談したり勉強したりする関係。

特に、真琴《まこと》の態度に変化はない。

けれどこういう時間が重なれば重なるほど、状況は変わっていくんじゃないだろうか。

真琴《まこと》がいることが、当たり前になって。

真琴《まこと》にとっても、天文同好会にいるのが当たり前になって。

こういう日々がいつか、本当の日常になるんじゃ——。

そして、そんな期待がさらに膨らんだのは、ひと月ほど経《た》った放課後。

いつものように部員と真琴《まこと》で部室に集まり、雑談をしているときのことだった。

「——わたしも、参加していいですか？」

問題集に向き合っていた真琴《まこと》が、顔を上げふいにそう言った。

「それ、わたしもお邪魔しちゃダメでしょうか？」

ちょうど——明日の予定を話しているところだった。

月に何度か行っている、学校屋上での天体観測。

そこで何を観測するか、どんな動画を作るか——。

「……え、マジか」

そう言う声が、思わずうわずってしまった。

「真琴《まこと》、天体観測参加してくれんの？」

「ええ、もしよければ」

こくりとうなずき、真琴《まこと》は何食わぬ表情のままで、

「久しぶりに、星を見たい気分ですし」

真琴《まこと》が部室に来るようになって、一ヶ月。

こうして色々話すようになっても、そういう活動には参加しない気がしていた。

あくまで部室に顔を出すだけ。俺たちに会いに来るだけなのだと。

なのに——天体観測に参加。しかも、彼女からの申し出で。

「えーやったー！」

「いいねえ、大歓迎だ！」

五十嵐《いがらし》さんと六曜《ろくよう》先輩が、にこやかにそう言う。

二斗《にと》もその横で、

「わ、わあ……！」

なんて言葉の出ない様子だ。

「う、うれしい……！　それは、うれしい……！」

そして俺も、

「もちろん問題なしだよ！」

慌ててその場に立ち上がりつつ、こくこくとうなずいて見せる。

「是非是非、参加してくれよ！」

「そうですか、ではお願いしたいです」

「おけ。じゃあ早速、千代田《ちよだ》先生に報告しないと……ちょっと俺、職員室行ってくる！」

「わ、わたしも！」

二斗《にと》もそう言って、俺に続いて椅子を立った。

二人並んで部室を出る。足早に廊下を歩き、十分に部室から離れてから、

「……おいおいおい、マジで順調じゃないか⁉」

「ね！　天体観測、参加してくれるなんて……！」

二斗《にと》と二人、そんな風に声を上げた。

「めちゃめちゃ態度軟化してるじゃねえか！」

「やっぱり、定期的に会うようにしたのが効いたのかもね！」

間違いない……真琴《まこと》に、変化が起きつつある。

ここしばらくの交流を通じて、ちょっとずつ考えが変わっていっている。

「……よし！」

握りこぶしを握り、俺は気合いを入れ直す。

「こうなったら、このまま一気に天沼《あまぬま》高校入学まで持っていこう！」

「だね！」

はっきりと、希望が見え始めたと思う。

これまではぼんやりとしていた、俺たちの希望が。

「うふふ……うふふふふ！」

二斗《にと》が耐えきれない様子で、笑い声を漏らす。

さらに──足取りも軽やかに、身を揺らしながら踊るように歩き始めて、

「何してんだよ、二斗《にと》」

「えー、うれしいなのダンス！」

思わず噴き出す俺に、二斗《にと》はそう言って笑った。

「やったー！　いけるぞー！　このままならうまくいく気がするぞー！」

「いやダンスうま！　二斗《にと》、そんなこともできたのかよ！」

「ほら、巡《めぐり》も踊ろう！」

「いやいや、俺は観客として見物させてもらいます」

「えー！」

不満そうに言いながらも、二斗《にと》は楽しげに踊りながら歩く。

そんな彼女の隣で、

「ふう……」

小さく息を吐き、校舎の窓から空を見上げた。

うす水色と白い雲が、水彩画のような淡い色合いで広がっている。

透明に透ける月は貝殻みたいで、その下に広がる荻窪《おぎくぼ》の街は相変わらず雑多で。

──久しぶりに。

俺は自分の中に、景色を見る余裕ができたことを実感する。

＊

「──真琴《まこと》ちゃん、ほんとに星にハマったんだね」

二月上旬。そろそろ冬の終わりが近づく夜。いつも通りの、天沼《あまぬま》高校屋上にて。

身をかがめ、ＶｉｘｅｎポルタⅡ Ａ80Ｍｆのファインダーに集中している真琴《まこと》の背中に、二斗《にと》は頬をほころばせた。

「本気で星探ししたんだし、当然なんだろうけど。でも、こういうところを見るのは新鮮かも……」

「だろ？」

なんだか誇らしい気持ちでうなずき、俺は空を見上げた。

「ここまで夢中になってくれると、勧めた側としてもうれしいんだよなあ」

──始まった天体観測。

天文同好会メンバーと千代田《ちよだ》先生、真琴《まこと》の集まった夜の屋上にて。

真琴《まこと》は熱心に、望遠鏡を覗《のぞ》き込《こ》んでいた。

春は少しずつ近づいて来ているけれど、寒さはまだまだ緩まない。

今夜も最低気温は、０度近くまで冷え込むらしい。

もちろん、集まったメンバーの寒さ対策はばっちりだ。

向こうで観測している五十嵐《いがらし》さん、六曜《ろくよう》先輩、千代田《ちよだ》先生はダウンやコートを着込んでいるし、こちらの三人もマフラーやカイロ、機能性インナーのフル装備でこの場に臨んでいた。

「ねぇねぇ」

と、二斗《にと》が真琴《まこと》の背中に声をかける。

「真琴《まこと》ちゃんは、今何を見てるの？」

「ああ、火星です」

真琴《まこと》は望遠鏡から顔を上げこちらを向いた。

「最初は惑星から始めるのがやりやすくて。先輩も見ますか？」

「うん、見てみたい！」

真琴《まこと》と入れ替わり、二斗《にと》が望遠鏡を覗《のぞ》き込《こ》んだ。

「おお、これが火星……本当に、ちゃんと赤いんだね！」

「ええ。でも正直、小さめの点にしか見えないでしょう？　最接近の時期は、模様も見えるらしいんですが……」

「ううん、でもすごいよ！」

身をかがめたまま、二斗《にと》は真琴《まこと》を振り返り、

「なんか、こうしてみると、感動しちゃうというか……」

「ですよね」

うなずいて、真琴《まこと》はほほえんだ。中学生らしく無邪気で、けれどかすかに憂いを帯びた笑みに見えた。

「その気持ちは、わかります。わたしも最初、月を見て感動したので」

言って、星空を見上げる真琴《まこと》。

灯《あか》りのない屋上でも、その目が星明かりに輝いているように見えた。

「でも本当はできれば、木星とか土星を見たかったなあ。木星は衛星が見えるそうですし、土星の輪っかも気になりますし……」

そんな彼女の姿に——俺ははっきりと幻視した。

これからも、天文同好会に参加してくれる真琴《まこと》の姿を。

天沼《あまぬま》高校の生徒になり、天文同好会の一員になり、俺、二斗《にと》、五十嵐《いがらし》さん、六曜《ろくよう》先輩と一緒に活動する彼女を——。

それが、とてもしっくり来ていたから。

当然そういう未来が来るとしか、思えないほどだったから。

「じゃあ、木星と土星はまた今度にしようぜ」

二斗《にと》の隣、切なげに空を見る真琴《まこと》に言った。

「見られるタイミング調べておくから、その頃天体観測しよう。火星の再接近は……次は来年の、年末か。結構先だけど、そのときも」

そんな未来を、選んでいきたいと思う。

真琴《まこと》もきっと、そうしてくれる。無意識に、それができると確信していた。

だから、

「いえ、ごめんなさい」

真琴《まこと》が短く答えたその言葉に、一瞬理解が追いつかない。

「天沼《あまぬま》高校に来るの、これで最後にします」

——面食らった。

予想の外にあるその反応に——声も出なくなった。

「期待をさせたなら、すいません」

そんな俺とは対照的に、どこか事務的な口調で真琴《まこと》は言う。

「でも、わたしの気持ちは変わりません」

はっきりとしたその口調。

ずっと前に準備してきたような、淀《よど》みない台詞《せりふ》。

「天沼《あまぬま》高校には、入学しません」

間を空けて——ようやく理解する。

変わっていなかった。真琴《まこと》の内心は、最初から変わっていない。

だから真琴《まこと》の未来も、結末も、最悪なまま——。

「……そっかー」

先に声を上げたのは、二斗《にと》だった。

「そう、だよね。ていうか、こっちこそごめん。勝手に期待しちゃって」

彼女はあくまで優しい声で、家族に語りかけるような口調で真琴《まこと》に言う。

「いえ……」

「でもちょっと気になったんだけど、今夜はどうして参加してくれたの？」

そして、二斗《にと》は真琴《まこと》の顔を覗《のぞ》き込《こ》み、

「最後に、けじめをつけようと思った？」

「ええ、そうですね」

あっさりそう言って、真琴《まこと》はうなずいた。

そして——彼女は一歩下がって俺たちを見ると。

「——ちゃんと、二人の姿を見ようと思ったんです」

小さく笑みを浮かべて、そう言った。

「それで——気持ちに区切りをつけようって」

「天沼《あまぬま》高校に入らないのも」

続ける二斗《にと》の声は、柔らかいままだ。

「わざと入試で落ちようとしてるのも、それが理由？」

「ええ、そうです」

言って、真琴《まこと》は小さく笑い、

「さすがに不毛すぎますから。実らない恋はちゃんと終わらせたいんです。前を向くためにも、他の学校に行きたいんです」

その言葉で――はっきりした。

真琴《まこと》が、天沼《あまぬま》高校に入らない理由。

俺と二斗《にと》も、予想をしていたこと――。

――俺たちのそばにいるのが、苦しかったんだ。

真琴《まこと》は、俺に好意を向けてくれていた。大切に思ってくれていた。

けれど――その気持ちは叶《かな》わない。

二斗《にと》がいるから。俺の隣に彼女がいて、お互いを大切にし合っているから。

だから、離れよう。

二人の場所から遠ざかろう。

それが――真琴《まこと》の意思だった。

なんて残酷なことが起きるんだろう、と思う。

必死で手に入れた、二斗《にと》の隣にいられる未来。

けれどそれが——真琴《まこと》を。一度目の高校生活、俺の隣にいてくれた真琴《まこと》を傷つけることになるなんて——。

ただ、同時に納得感もある。

今回の時間軸。それがこれまですべての時間軸と違ったのは——俺と二斗《にと》の関係だ。

二人が恋人であり続ける。卒業後も続く関係を築けている。

だから、真琴《まこと》がバッドエンドを迎えるなら。

この未来で不幸な結末にたどり着くなら、原因は他にありえない。

二斗《にと》と俺が、真琴《まこと》を不幸にする——。

「——真琴《まこと》」

——けれど。それでも俺は——。

立ち上がり、彼女に向き合う。

そして、声が揺らがないようお腹《なか》に力を入れ、

「そういうことを、全部踏まえてそれでもお願いしたいんだ。できるだけの配慮はするよ。真《ま》琴《こと》が苦しくないよう気を付ける。だから、天沼《あまぬま》高校に入ってほしい」

「……いやあ、無理でしょ。どんなに配慮されても、苦しいに決まってるでしょ」

圧倒的に、真琴《まこと》の言葉の方が説得力があった。

正論だ、苦しいに決まっている。配慮なんかでどうこうなる問題じゃない。

「むしろ、疑問なんですけど。どうして坂本《さかもと》先輩も二斗《にと》先輩も、そんなに必死なんですか？」

言って、真琴《まこと》は首をかしげる。

「どうしてそこまで、わたしを天沼《あまぬま》高校に入れようとするんですか？」

核心をついた問いだった。

俺と二斗《にと》が、真琴《まこと》に言わずにいた『理由』。

「最初は、ただ友達として来てほしい、って感じかと思ってましたけど」

容疑者を見る探偵の目で、真琴《まこと》は続ける。

「もうどうも、そういう感じでもないですよね。必死だし、説得力のないこと言い出すし。何なんですか？　どうしても、そうしなきゃいけない理由があるんですか？」

返す言葉に詰まってしまった。

確かに……それを伝えれば、話は早い。

きっと真琴《まこと》は俺たちの気持ちを理解してくれるだろう。

ただ……その事実を、真琴《まこと》が辿《たど》る未来を口にしていいのかわからない。

自分が——命を落としてしまう。それも、心中という最悪の形で。

それを、本人に伝えるべきなのか……。

けれど——凍り付いた表情の二斗《にと》。

そして、心底理解できない顔の真琴《まこと》——。

二人のこの表情は当然のもので、
「……ふう」
大きく深呼吸して、覚悟を決めた。
俺が、全部背負おうと思う。
これは、俺が始めた時間移動で生まれた現実だ。
責任は、俺が負うべきだと思う。
「――命を、落とすことになるんだよ」
はっきりと、俺は真琴《まこと》にそう言った。
「真琴《まこと》は、天沼《あまぬま》高校に入らない未来で――命を落とすことになる」
その言葉に――真琴《まこと》は、じっと俺を見ている。
まっすぐ向けられた深海のような目。
家族のことまでは、言えなかった。
そこまで伝えることは、きっと不確定な要素を生み出しすぎてしまう。
だからまずはシンプルに、最小限のことを伝える。
それが一番安全だし――それでも、十分。
真琴《まこと》に加わる衝撃は、十分かそれ以上のものだと思う。
けれど――、

「そうですか」

──返事は存外、穏やかなものだった。

「わたし、この未来ではそんな風になるんですね。だから、先輩たちあんなに必死で」

「……ああ、うん」

「なるほど」

うなずいて、真琴《まこと》は一度視線を落とす。

そして、数秒も間が空く前に、

「それでも──入りません」

あっさりこちらに向き直り、真琴《まこと》は言った。

「ここに来るのは、これが最後です」

「……なんで」

その頑《かたく》なさに衝撃を受けながら、なんとかそう答えた。

「どうしてそんな、意地を張るんだよ……」

「未来が変わるのを教えてくれたのは、先輩でしょう？」

真琴《まこと》の返事は、あくまで冷静だった。

その顔には、笑みさえ浮かんでいた。

「だったら、わたしは今自分が選ぶべきものを選べばいい。その先のことは、それから考えるべきだし……結果として、それで不幸な結末が待っているなら」
真琴《まこと》の表情には――確かな決意が。
物語の主人公みたいな迷いのない決心が、はっきりと浮かんでいた。
「辛《つら》い未来が待っているなら、わたしはそれを受け入れます」
それは、俺自身の『時間移動』に対する考え方と酷《ひど》く似ていた。
未来は変わる。だから、今選ぶべきものを選ぶ。
その先で待っていることを受け入れる。
つまり真琴《まこと》のその考えは、俺を見ていて生まれたもので。
俺自身が実践してきたことで――反論が、思い浮かばない
こうなってしまったときに、俺から言える言葉が一つも浮かばない――。
「……うん、わかった」
声を上げたのは――二斗《にと》だった。
「なるほど、真琴《まこと》ちゃんの考えはわかったよ。ありがとうね」
それまで黙っていた二斗《にと》の、朗らかな声。
顔に浮かんでいる優しい笑み。
そして彼女は、

「──別れるよ、巡《めぐり》と」

優しい笑みのままで、真琴《まこと》にそう言う。

「……は？」

「だからわたし、巡《めぐり》と別れる」

硬い表情をしている真琴《まこと》。

そう言われるのは、完全に予想外だったんだろう。

それまでの冷静さが嘘《うそ》だったように──真琴《まこと》は目を見開いている。

「……巡《めぐり》も」

二斗《にと》がこちらを向いた。

表情と声色《こわいろ》に覚悟を滲《にじ》ませ、はっきりとした声で言う。

「こうすること、考えてたよね？　わたしと別れる可能性、考えたよね」

「……ああ、そうだな」

一度息を吐き、俺はうなずいた。

「場合によっては、そうなると思ってたよ」

そう……実は、俺も考えていたんだ。

本当にどうにもならないときに、最後に取れる手段。

真琴《まこと》が苦しむことなく、天沼《あまぬま》高校に入学できる方法。

俺と、二斗《にと》が別れる――。

「……冗談ですよね？」

硬い声で、真琴《まこと》は言う。

「本気でそんなこと、言ってないですよね？」

「本気だよ」

二斗《にと》に代わって、返事をしたのは俺だった。

「俺も二斗《にと》も、覚悟はできてるよ」

言って、俺は二斗《にと》に目をやる。

彼女の表情に迷いはなくて――彼女も、俺と同じで。

お互いずっと、真琴《まこと》が助かる方法を本気で考えてきたんだと実感する。

もちろん、抵抗がないわけじゃない。

俺がこれまで、時間移動を繰り返したのは二斗《にと》の隣にいるためだ。

彼女にふさわしい人間でいるため。ずっとそばにいるため。

それを手放すのは、震えそうなほどに苦しい。

それでも……真琴《まこと》の命には代えられない。

どんな努力も、どんな達成も、彼女の存在そのものに比べれば些細《ささい》でしかない。

「だから、そうだな」

言うと、胸の苦しさを押し込めて。

「……別れようか」

できるだけ、明るい声で二斗《にと》に言う。

「俺たち、普通の友達に戻るか――」


「――馬鹿にしないで！」

真琴《まこと》の叫びが――俺の台詞《せりふ》を切り裂いた。
「そんな風に……そんなやり方で、憐《あわ》れまれたいわけじゃない！」

見れば……真琴《まこと》は、怒りの表情で。

初めて見る激怒の顔で、俺と二斗《にと》を見ている。

赤く染まった頬、感情の高ぶりに涙の浮かんだ目。

手はブルブルと震え、ときおり唇を噛《か》みながら彼女は続ける。

「最悪……ふざけないで、なんでそんなこと……」

一瞬の間を空けて――俺はわずかに冷静になる。

自分が真琴《まこと》に向けた言葉の意味を、その残酷さを今更思い知る。

「……ご、ごめん！」

反射的に、そんな声が出た。

「ほんとごめん、真琴《まこと》の気持ち、わかってなかった……」

罪悪感が、後悔が墨汁のように胸を染めていく。

俺と二斗《にと》がした提案、それはどれだけ傲慢で身勝手なものだっただろう。

真琴《まこと》から見れば、侮辱でしかないじゃないか。

お情けで恋人関係を解消されたって、惨《みじ》めさが募るだけだ。

なぜ、そんなことにも気付けなかったんだ。

「最悪です」

悔やんだって、もう遅い。

真琴《まこと》は鞄《かばん》を手に取ると、その場から歩き出す。

突然の展開に、五十嵐《いがらし》さん、六曜《ろくよう》先輩、千代田《ちよだ》先生が向こうで驚いた顔をしている。

真琴《まこと》は彼らには目もくれず、足早に階段室へ向かい、

「ちょ、ちょっと待ってくれ真琴《まこと》！」

「ごめんなさい！　もう少しでいいから、話をさせて！」

必死に追いすがる俺と二斗《にと》を無視する。

そして、階段室の扉を開けると、一度だけこちらを振り返り、

「——ついてこないで」

冷たい声で、そう言った。

「さようなら」

それだけ言うと——身動きできない俺と二斗《にと》の前で、扉が音を立てて閉まる。

真琴《まこと》の足音が、階段の下へあっという間に消えていく。

そこに取り残された俺と二斗《にと》は。

このタイミングで、とんでもない失敗をしでかした俺と彼女は。

声を出すこともできないまま、その扉を呆然《ぼうぜん》と眺めていた。

＊

その一件をきっかけとして——真琴《まこと》の態度が変わった。

当然のように、部室に来なくなった。

それまで週一程度では遊びに来ていたのに、どれだけ待っても現れない。

もちろん、何度もラインでメッセージを送った。通話だってかけた。

けれど、応答はなし。メッセージには既読さえつかない。

最終的に——業を煮やした俺たちは、直接彼女に会いに行った。

二斗《にと》と二人、四面道《しめんどう》中学の前で彼女が下校してくるのを待った。

けれど、現れた真琴《まこと》は完全に俺と二斗《にと》を無視。

視線をこちらに向けることもなく、いないものとして扱った。

そんな態度を取られればこちらとしてもどうすることもできず、諦めてその背中を見送ることしかできなかった。

*

そして——一ヶ月が経《た》った。

手を伸ばすこともできないまま、真琴《まこと》の天沼《あまぬま》高校受験日が過ぎた。

さらに、三月上旬のある夜。

「……ねえ、真琴《まこと》さ」

自室にやってきた瑞樹《みずき》に、そんな風に報告された。

「天沼《あまぬま》高校、落ちたんだって……」

未《いま》だに現実を飲み込めないような。

何かの手違いなんじゃないかと思っているような、瑞樹《みずき》の表情。

そして——俺は。

そうなることを予見しつつ、それを酷《ひど》く恐れていた俺は、

「……」

声を出すこともできないまま、身体《からだ》中の力が抜けていくのを感じていた。

真琴《まこと》が——天沼《あまぬま》高校に入らない。

避けたかったはずの未来を、回避できなかった。

「絶対、受かるって思ってたのに……」

瑞樹《みずき》は自分事のように、動揺の表情で言う。

「模試の結果もよかったし、先生も『間違いなく受かる』って言ってたのに、なんで……」

「そっ、か……」

酷《ひど》い無力感を覚えた。

これまで、時間移動で沢山の問題を解決してきた。

過去を書き換えて、望む未来を手に入れて、周囲の人すべてを幸せにしてきた。

けれど——失敗した。

初めて未来を、望んだ形に変えられなかった。

「じゃあごめん、その報告だけだから……」

「おう、ありがとう……」

瑞樹《みずき》が部屋を去り、一人その場に残される。

そして俺は、机に置かれていたスマホを手に取ると、二斗《にと》にこの結末の報告のメッセージを送り始めた。

けれど、

「ふう……」

一度深呼吸して、そこに『ある提案』を書き添える。

こうなったときに、彼女に持ちかけようと思っていた『あるアイデア』を。

——そう。まだ俺は、諦めていない。

取れる手段はいくらでも残っている。

どんな手を使っても、真琴《まこと》を助けよう。

俺は送信ボタンを押して、心の中で決意を新たにする——。

第三話 chapter3

【天沼四重奏】

「──わたしと、ループする？」

「ああ」

翌日──登校時間の三〇分前。部室の隣、狭い準備室で。

俺の提案に、二斗《にと》はあくまで冷静に尋ね返してきた。

「つまり……わたしがこれまでしてきた『高校生活のやり直し』を、巡《めぐり》と一緒にする、っていうこと？」

「うん、そうしたいんだ」

朝の光に照らされて、机に座った二斗《にと》は淡い光の粒子を帯びている。

その隣に立つ俺は、彼女のペディキュアの水色に目をやりながら、

「それで、真琴《まこと》の未来を変えたい。改めて、天沼《あまぬま》高校に入ってもらいたいんだ──」


──『ループ』。

二斗《にと》が何度も繰り返してきた、過去のやり直し──。

時間移動で過去と未来を行き来する俺と、二斗《にと》の『ループ』は仕組みが違う。

俺ができるのはあくまで『時間』の『移動』で、未来の結果を見て過去を改変する、その繰り返しだ。対する二斗《にと》は、『何度も高校三年間をやり直す』、繰り返す形で自分が望む未来を目

指してきた。

実際、これまでも『俺に言えない』ほどの回数、高校生活をやり直しているらしい。

その点で言えば、実は二斗《にと》は俺なんかよりもずっと経験豊富、ということになる。

ちなみに『ループ』をする手段は、ほとんど俺と同じ。

部室のピアノで、彼女の曲のメロディを演奏することだそうだ。

そんな『ループ』の力を使えば。

過去を一からやり直す形でなら――真琴《まこと》を救うことができるんじゃないか。

「……確かに、それならなんとかできるかもだね」

考える表情で、腕を組み二斗《にと》は言う。

「この時間軸で、真琴《まこと》ちゃんは他の高校に入るので確定。心中まではあと二年あるけど、他校の生徒ってなると干渉するのは難しい。この間の天体観測のこともあるし、話を聞いてくれる可能性もほぼゼロで……」

「ああ、そうなんだ」

天体観測、というフレーズに苦い気分になりつつ。

それでも俺は、素直にうなずいた。

「それが確実かなって。やれることが、全くなくなったわけじゃないよ。けど、このままでなんとかできる可能性が薄いなら、もっと前段階からやり直せばいいと思うんだ。それが、二斗《にと》のループでならできるはずだよな」

「なるほど……」

「ちなみに、ループする場合、三年前に戻ることになるのか？　それとも、俺たちの高校入学のタイミングに……つまり一年前に戻ることも、できるのかな？」

「ああ……入学のタイミングに戻るよ」

ふと気になった問いに、二斗《にと》は小さく笑ってうなずいてくれる。

「ループは三年分過去に戻る、っていうよりも、『戻りたいタイミングに戻る』。つまり、わたしにとっては『高校生活をやり直せる日に戻る』っていう仕組みになってるみたいだから」

「ほー、そうだったのか」

「実際、派手に失敗した時間軸では、早めに諦めてループしたこともあるしね」

「なるほど……」

腕を組み、俺は考える。

「だとしたら、無駄に中学時代まで戻ったり、とかもなさそうだな……」

時間移動で、過去を書き換え始めてそろそろ一年が経《た》つ。

二斗《にと》のループで過去に戻るとしたら、その一年をまるまるやり直す、ということになるんだろう。

それなら、真琴《まこと》を助けられる可能性は十分にあると思う。

彼女の気持ちを考えながら、二斗《にと》と俺の関係性を作り上げていく。

それができれば、真琴《まこと》は天沼《あまぬま》高校に入ってくれるはず――。

「……あの、でも」

と、そこで二斗《にと》が不安そうな声を上げる。

「二つ……気になることがあって」

「うん、どういうこと？」

「二人でループって、どうすればできるのかな？」

言って、二斗《にと》は首をかしげる。

「わたし、いつもループするときは一人だったんだけど……巡《めぐり》は、未来の真琴《まこと》ちゃんに記憶が引き継がれてたんだっけ？」

「うん、そうだね」

二斗《にと》の言う通り、俺のやり直しにおいて、真琴《まこと》だけは「なくなったことになった時間軸」のことを覚えていた。

おかげでずいぶん心強かったし、彼女にアドバイスをもらえるのも助かった。

「それって、どうやったの？」

「ああ、それは簡単だよ。ただ、ピアノを弾くときにそばにいてもらったんだ。だから、同じ場に立ち会えば、起きる現象を一部でも共有できるのかなって」

「なるほど……」

　口元に手を当て、二斗《にと》は視線を落としつつ、

「それなら、一緒にループできる可能性もあるかもね。ちょっと確証は持てないけど」

「ああ」

　うなずいて、俺も手近な机に腰掛けながら、

「それにもし無理だったとしても。普通に二斗《にと》一人だけのループになっても、過去の俺に説明してもらえば大丈夫だと思う。事情を聞けば、俺も協力するだろうから。……もちろん、理解するのに時間はかかるだろうけど」

　ここで二斗《にと》がループをして、一年前に戻るとして。

　そこにいる俺は——時間移動を知らない可能性がある。

　俺が時間移動に触れたのは『二斗《にと》が失踪する未来』があったからで、そうならないであろう次のループ後は、俺はただの一高校生である可能性が高いんじゃないだろうか。

　とはいえ……そんな俺でも二斗《にと》が本気で説明してくれれば。

　時間をかけて、証拠を見せながら事情を伝えてくれれば、協力はしてくれるはずだ。

　それくらいの人情は、多分本来の俺も持ち合わせているんじゃないかと思う。

「なるほど……じゃあひとまず、そこは大丈夫だね」

　ふっと息を吐く二斗《にと》。

「理屈の上で、ループに賭けてみる可能性はありそうかな」

「ああ、そうだと思う」

「わかった、ありがと」

そして、彼女は顔を上げると――、

「でね。気になることは……もう一つあって。というか、こっちが本題なんだけど」

――さっきよりも、真剣な表情で。

まっすぐ俺を見て――こう言う。


「あの……なかったことに、なっちゃうのね」


苦しげな声だった。

泣き出しそうな、何かをこらえるような表情だった。

「こ、この時間軸で起きたことは、全部なかったことに……なっちゃう」

――なかったことになる。

この時間軸で起きたことが――すべて消えてしまう。

「そのことについては……ちゃんと、一緒に考えておきたくて」

二斗《にと》はそう言うと、視線を手元に向け、

「これまでのこと思い出して。それでいいのか、話し合いたい……」

「……だな」

うなずいて、俺も再度認識する。

ループをするっていうのは、そういうことなんだ。

過去を書き換える。これまでの自分たちを否定する。

やり直しは、そういう意味を持っている。

「そう、だよなあ……」

これまでのことを思い出し、俺は深く息を吐いた。

「そこは、真剣に向き合いたいよなあ……」

——この一年は、かけがえのない時間だった。

二斗《にと》に出会い、恋をした。

お互いの時間移動とループを、打ちあけ合った。

五十嵐《いがらし》さんと、親友になった。

六曜《ろくよう》先輩と、雨の中で気持ちをぶつけ合った。

そして——真琴《まこと》と星を探した。

新たな小惑星を探すため、阿智村《あちむら》で本気の天体観測をさせてもらった。
だらけがちな俺にとって、奇跡みたいだったこの一年間。
一生の宝物になる、大人になっても俺を支えてくれる気がした、思い出と仲間たち。
ループすれば——それが全部なくなる。
すべてすべて、なかったことになる——。
「……ふう……」
……認めよう。
強烈な抵抗を覚えた。
実際にイメージしてみて、そんな選択が目の前にあって。
これはもう、否定なんてできない。
俺は——泣き出しそうなほどの抵抗を覚えている。
「……くっ……」
言い出しっぺは俺だ、動揺すべきじゃないと思う。
けれど——気持ちはもう偽れない。
できることなら、そんなことしたくなかった。
過去を消したりなんて、したくなかった。
「……やめておこうか」

俺の表情に、二斗《にと》が優しい声で言う。

「一年間、一生懸命頑張ってくれたんだもんね。大事な思い出だよね……」

机から立ち、二斗《にと》は俺の頭を撫《な》でる。

「わたしのためにも……頑張ってくれたんだもんね」

——二斗《にと》の言う通りだった。

彼女の隣に立つために、その失踪を回避するために、必死に過ごした一年。

それは間違いなく俺の宝物で、かけがえのない記憶だった。

ただ、

「ひとまず……このまま二年後まで、頑張ってみようよ」

目を細め、二斗《にと》は言う。

「別の高校になっても、やれることあるかもしれないから。今のまま、真琴《まこと》ちゃんに何ができるか考えてみようよ……」

妥当に思える、二斗《にと》の提案。

現状のまま、真琴《まこと》の未来を変える努力をしていくこと。

ただそこにも俺は——強い抵抗を覚えていた。

俺がこの時間軸でここまで来られたのは、こうなることを強く望んでいたからだ。

星を見つける、二斗《にと》の隣にい続ける。

それが俺にとってとても大切なことで、何をおいても手に入れたい未来だったから、俺は頑張ることができた。

ただ……ここからは、戦いは全く別物になる。

望まれない形で真琴《まこと》に近づき、未来を変えようとする。

その過程はきっと無理のし通しになるだろうし……はっきり言えば、うまくいくイメージが湧かなかった。

そして何より、

「……」

真琴《まこと》の結末。

心中という結果を知ったときの、強い苦しみを思い出す。

もう一度、それを味わったとき。

あの絶望を味わったとき、俺の気持ちは無事でいられるのだろうか。

大切な存在の死を再び経験して、俺は俺のままでいられるんだろうか……。

わからない。

わからないのだけど、そんな風に考えていて、

「……そうだ」

ふと、思い付いた。

「相談を……したらいいんじゃないか？」

こちらを見る二斗《にと》に、俺はそんな風に言う。

「……相談？」

「そう。俺と二斗《にと》がどうすればいいか、誰かに明かして相談するんだよ」

「はあ、なるほど……」

と、二斗《にと》は一瞬考える顔になってから――、

「……って、えええ⁉」

――大きな声を出した。

久しぶりに聞く気がする、二斗《にと》の驚きの声だった。

彼女は血相を変えたまま、

「全部って……わたしたちのしてきたこと、全部⁉」

「まあ、そういうことになるな」

「わたしがループしてることも、巡《めぐり》が時間移動してることも？」

「そりゃまあ、そこは避けて通れないよな」

「で、その上で、もう一回ループするか、その相手に相談するってことだよね？」

「ああ、そういうことだ」

うなずいて、俺は二斗《にと》のそばの机に腰掛ける。

「俺たち、正直煮詰まりつつあるだろ。ショック受けたり焦《あせ》ったりで、冷静さを失ってる」

「それは、そうだね……」

「だから、包み隠さず状況を伝えて、アドバイスをもらうんだ」

以前、俺が真琴《まこと》にしたことと同じだ。

時間移動を打ちあける、してきたことを洗いざらい話す。

そのうえで——助言をもらう。

当時の俺は、あれで本当に救われた。

助言が役に立っただけじゃなく、気持ちも楽になったんだ。

俺のしたことを、知っている誰かがいる。

そのことは、孤独な戦いを続ける中で大切な支えになった。

だから……今回も、素直に打ちあければいいんじゃないか。

二人で抱え込むんじゃなく、誰かに告白してしまえばいいんじゃないか。

「……そこの理屈は、わかるけど」

額に汗を浮かべ、二斗《にと》は唇を噛《か》む。

そして、ショートヘアーをくしゃっと掻《か》きながら、

「……誰に？」

そんな風に、尋ねてきた。

「そんな大事なこと、誰に話すの？　信じてくれる人なんて、限られるだろうし……」

……そうだ、そこが問題になるだろう。

誰かに相談するとして、内容が内容だ。

それを、誰に伝えるのか。俺と二斗《にと》の秘密を、誰に明かすのか。

ただ——俺たちが話す相手なんて、もちろん決まっている。

きっと二斗《にと》だって、本当はわかりきっている。

「——、——」

それを二斗《にと》に伝えると、彼女は表情を崩した。

「……そりゃ、そうだよねえ」

自嘲するように、笑う二斗《にと》。

「話すなら、あの二人だよねえ……」

「だろ？」

そして俺は、二斗《にと》にスマホを掲げて見せ、

「いい？　話しちゃっても？」

しばらくぐっと、考える顔になる二斗《にと》。

ぎゅっと目をつぶり、むむむと悩んでから、

「……よし」

決心したような顔で、俺にうなずいてみせてくれたのだった。

「いっちゃいましょうか」

＊

そして――土曜日、昼過ぎ。

俺の自宅。六畳の自室には、計四名が集まっていた。

俺と二斗《にと》、そして、

「うわ、漫画が一杯……！」

本棚を見て、そんなことを言っている五十嵐《いがらし》さん。

「ねえ坂本《さかもと》、これ読んでいい？　気になるの、結構あるんだけど」

「や、ひとまず俺の話を聞いてもらえると助かる……」

「えー、じゃあ手早く済ませてね」

不満そうに言うと、彼女は二斗《にと》の隣、ローテーブルの脇に腰掛けた。

さらに、

「にしても、本当に星が好きなんだな」

部屋の中を見回し、天体の写真を見ながら笑う六曜《ろくよう》先輩。

「こういう感じの部屋に来るの、初めてだ。おもしれーな」

「ええ、割と普通だと思いますけど……」

「そうか？　俺んち、漫画とか一冊もないわ」

「マジですか……⁉」

「マジマジ。お、あれブラックホールだろ？」

言って、先輩は壁の天体写真を指差している。

「すげーよな、あんなのが宇宙にあるなんて――」

俺が二斗《にと》に提案した相談相手は――もちろんこの二人だった。

天文同好会の、俺と二斗《にと》以外のメンバー。

俺の親友である五十嵐《いがらし》さんと、相棒である六曜《ろくよう》先輩。

この一年間で、二人とは沢山の時間を一緒に過ごしてきた。

ときにはぶつかり、ときには助け合ってきた。

つまり、ここでループをするとしてその影響を最も受ける相手でもある。

そんな二人に……すべてを明かす。これまでの秘密と、これからの悩みを相談する。

それが、俺の考えだった。

……どうなるかは、わからない。

俺たちの考えに反発されるのかもしれない、否定されるのかもしれない。

それでも、この二人の意見なら。この二人が考えることなら、受け入れたいと思った。

正面からそれを浴びて、飲み込んでいきたいと思う。

「で、話って何だよ？」

そこまで考えたところで、六曜《ろくよう》先輩がこちらを向く。

「わざわざ家に集まってって、よっぽど大事な話なんだろ？」

「そうそう。……ま、まさか！」

と、五十嵐《いがらし》さんはふいに血相を変え、

「巡《めぐり》と千華《ちか》……け、っこ……ん……とか……⁉」

ブルブル震えながら、そんなことを言い始める。

「し、しかも……す、既に……にん……し――」

「――んなわけねぇだろ！」

予想外すぎる妄想を、大声でぶった切った。

何言ってんだよこの子マジで！

結婚は普通にできねぇわ、俺も二斗《にと》もまだ十六歳なんだから！

しかも、にんし……想像力豊かすぎるだろさすがに！

「そんなどえらい話だったら個別に話すわ！　いやまあ、これからするのもなかなかすごい話なんだけど！」

「え……じゃあ既に、隠し子がいるとか……？」

「だから一旦そこから離れろや！」

叫ぶと、六曜《ろくよう》先輩が楽しげに笑った。

見れば、五十嵐《いがらし》さんも小さく笑みを浮かべていて……ああ、と思う。

この子も、本気で結婚だの何だの思っていたわけじゃないのかも。

ただ、緊張している俺と二斗《にと》をリラックスさせようとしてくれていただけなのかも……。

……いや、さっきの震えかた考えるとガチか？　よくわかりません。

「……とにかく」

咳払《せきばら》いして、俺は話を仕切り直す。

「今日は、二人に話と、相談があって集まってもらったんだ」

その場で背筋を伸ばす、五十嵐《いがらし》さんと六曜《ろくよう》先輩。

真剣な姿勢に心強さを覚えつつ、

「まずは……二人に、俺たちが隠してたことを、明かそうと思うんだけど」

心臓が酷《ひど》く高鳴るのを感じながら。

手の平に汗が噴き出すのを感じながら、俺は切り出した——。

「俺たち——未来から来たんだ」

　――ぽかん、とする五十嵐《いがらし》さん、六曜《ろくよう》先輩。

「……え、なんて？」

「未来……どゆこと？」

　そりゃまあ、そういうリアクションになるだろう。

　こんな、今日び漫画やアニメでも聞かない台詞《せりふ》を、友達が真剣な顔で口にしたんだから。

　それでも……正面突破以外に方法はない。

「だから、俺と二斗《にと》は、未来から戻ってきたんだよ。卒業式後の、二年後の未来から」

「……本気で言ってんのか？」

「ネタじゃなく……？」

「ネタじゃないよ」

　二人の問いに、二斗《にと》もそう答えてくれた。

「冗談じゃなくて、本当の話です」

「……いやいやいや」

「さすがに、それはねえ……」

　笑っていいのかわからない顔で、二人は困惑の声を上げる。

「あんまりにも、ベタすぎるっていうか」

「あ、あれか？　もしかしてドッキリ？」

言って、六曜《ろくよう》先輩は周囲を見回し、

「ほら、YouTubeのチャンネルに上げるドッキリなんじゃねえの？　『部員に古すぎるネタでドッキリかましてみた』みたいな……」

……まあ、こうなるよな。予想通りだしこれが自然だ。

むしろ、俺が同じことを言われたらあまりの寒さに友人関係を見直すかもしれない。

こんな反応をしてくれるだけ、二人は優しい。

けれど、いやだからこそ、

「えっと、マジで本当なんだ」

俺は二人に、説明をしなきゃいけない。

「まず俺は、一度高校卒業までいったんだけど、どうしてもやり直したいことがあって……未来と今を、行き来しながら暮らしてる。で、そういうことしてるのは、俺だけじゃなくて……」

「わたしもなの」

一歩前に出て、二斗《にと》も声を上げた。

「わたしは、巡《めぐり》の時間移動とは違って『ループ』って形なんだけど。何度も、高校生活をやり直してて……」

「……ええ？」

酷《ひど》く困惑した様子で、五十嵐《いがらし》さんは頭を抱える。

「それ……ええ？　二人とも、マジで言ってんの……？」

「うん、マジだよ」

「本当に、冗談じゃないの？　ここからは、ふざけてたって言ったらちょっと怒るけど」

「うん、冗談じゃない」

二斗《にと》はそう言って、真剣な目を五十嵐《いがらし》さんに向けた。

「萌寧《もね》ならわかるでしょ、わたしが本気なこと」

「……うん」

理解はできないけれど、納得はできたらしい。

五十嵐《いがらし》さんはそう言って、一度考える顔になる。

「あー、んー……そのことの、真偽はひとまず置いといて」

続いて、六曜《ろくよう》先輩が声を上げた。

「巡《めぐり》が時間移動で、二斗《にと》がループ？　ちょっとそこが、よくわかんねえ」

腕を組み、じっとこちらを見て六曜《ろくよう》先輩が言う。

「二斗《にと》が繰り返してる高校三年間と、巡《めぐり》がやり直してるこの時間は、なんかこう、組み合わさってるんだよな？　それって、どういう仕組みなんだよ？　どっちが優先されるとか、そういうのがあるのか？」

「あー、その辺ややこしいですよね」

当然の疑問に、小さく笑ってしまった。確かにそこは、ちょっと理解が難しい。

こうして時間移動している俺自身、ときどき混乱しそうにもなる。

だから俺は、二人に丁寧に時間をかけて説明した。

・まず、二斗《にと》が高校三年間をループしていること
・その最新のループ、今回の高校三年間で、二斗《にと》が悲劇的な結末を辿《たど》ったこと
・俺がそんな二斗《にと》を助けるべく、時間移動で三年間をやり直していること
・その過程で五十嵐《いがらし》さん、六曜《ろくよう》先輩と仲良くなったこと
・二人とも、本来二斗《にと》との交流を機に辛《つら》い経験をしたこと

「……ふん、なるほどな」

説明を終え、六曜《ろくよう》先輩は深く息を吐いた。

「そうか、なるほど……話として、筋が通ってるのはわかった。そうか、そういうことか……」

そして、腕を組み眉間にしわを寄せると、

「……その設定を、一人で考えたとはちょっと思いにくいな」

「あの……わたし、まだ全然信じられてないっていうか」

五十嵐《いがらし》さんも、先ほどよりはちょっと落ちついた声色《こわいろ》で言う。

「実感もないし、そんなことがあったとも思えないんだけど。でも確かに……坂本《さかもと》が、全部関わってたんだよね。たとえば、わたしと千華《ちか》がケンカしそうになったとき。千華《ちか》がほら、引っ越しした頃」

と、彼女は俺の方を向き、

「坂本《さかもと》が……わたしたちの間を、取り持ってくれた……」

「ああ、言われてみれば俺のときもそうだな」

六曜《ろくよう》先輩は、思い出す顔でちょっと頬を緩め、

「碧天祭《へきてんさい》で、巡《めぐり》と真正面からぶつかって。あれがやっぱり、俺が変わるきっかけになった」

二人の言葉に――俺は思い出す。

俺なりのやり方で、五十嵐《いがらし》さんや六曜《ろくよう》先輩と向き合ったあの頃。

あんな毎日を経て、俺は今ここにたどり着いている――。

「ひとまず、理屈はわかった」

未《いま》だに飲み込みきれない顔で、けれど区切りをつけるように六曜《ろくよう》先輩が言う。

「巡《めぐり》と二斗《にと》が主張してること、信じるかは別として理解はできた。で……」

彼は、俺と二斗《にと》の顔を順番に見ると、

「相談が、あるんだろ？」

いつものように、深く穏やかな声で。

頼りになる先輩らしい声で、俺たちに言った。

「時間移動に関して、俺たちに聞きたいことがあったんだろ？」

「そ、そうだったよね！」

五十嵐《いがらし》さんも、その言葉にこくこくとうなずいた。

「ちょっと、頭一杯だけど……ひとまず聞かせて！」

「……ありがとう」

そんな二人の態度に感謝を覚えつつ、俺はもう一度口を開く。

情報過多なのは申し訳ないけれど、ここからが本題だ。

ショッキングな事実を伝えることになるけれど、きっと二人なら受け止めてくれるはず――。

「そんな風に、過去をやり直して一年経《た》って。二斗《にと》の不幸な過去は、回避できたんだ。けど

……」

そして俺は――隣の二斗《にと》をちらりと見てから。

辛《つら》そうな彼女に、一度うなずいて見せてから――、

「今度は――真琴《まこと》の未来に変化があった」

二人に、今日の本題を切り出したのだった。

「──だから、二人の考えを聞きたいんだ」

長い長い話の最後。

真琴《まこと》の辿《たど》った結末や、それを回避するための方法。

これからしたいと考えている『ループ』についての話を終え。

「二人が……どう思うのか。もう一度、ループすることについてどう考えるのかを、教えてもらいたい……」

「……」

「……」

完全に──沈黙だった。

六曜《ろくよう》先輩も五十嵐《いがらし》さんも、声を上げない。

五十嵐《いがらし》さんは口元に手を当て。六曜《ろくよう》先輩は腕を組み目を閉じ、眉間にしわを寄せている。

……そりゃ、こんな反応にもなるだろう。

ただでさえ、親しい友人たちに『未来から来た』なんて言われた上。今度は……面識のある女の子が、このままでは命を落とすと。それを回避するため──『今』を消してしまうことを考えていると、そんなことを言われたんだ。

すぐに受け入れることも、それ以前に理解も難しいはずだ。

「……んん……」

それでも、六曜《ろくよう》先輩がそんな声を上げたのは。

苦しげなうめき声を上げたのは、何か言わなければという使命感からなのかもしれない。

「さすがに……すまねえ、ちょっと待ってな……」

「ええ、も、もちろんです！」

その姿がなんだか申し訳なくて、俺は彼に何度もうなずいた。

「すいません、こんなめちゃくちゃな相談して……」

「あー、わたしはちょっとキャパオーバーだなー」

状況から浮遊した軽い声で、五十嵐《いがらし》さんは言う。

「ごめ、さすがに処理しきれないかも。千華《ちか》と坂本《さかもと》の件があって、そのうえこれは」

「だよな、そりゃそうなるよな」

「真琴《まこと》ちゃんが死んじゃう？　ループでそれを止める？　しかも……この時間軸が、なくなる？」

言うと、五十嵐《いがらし》さんは背後のベッドに背中を預け、

「理屈はわかるけど、さすがに実感が……」

「ごもっともです……」

確かに、今日この場ですべて判断してもらう、意見をもらうってのは無理があった。

情報量もそうだし、彼ら自身に起きることもそうだ。

だから——まずは話を咀嚼《そしゃく》してもらって、その上で改めて、とするのがいいだろう。

時間をかけてでも、ここは彼らの本心を聞かせてもらいたい。

「この先は、また今度にしましょうか」

一度息を吐き、六曜《ろくよう》先輩と五十嵐《いがらし》さんにそう言う。

「ごめんなさい、ちょっと焦《あせ》りすぎた」

「いや、構わねえよ」

六曜《ろくよう》先輩は、それでも笑みをこちらに向けてくれる。

「つーか、そんだけのことを抱えてこれまでやってきたなら、大したもんだよ」

「いや、そんなことはないっすよ……」

「あるって。だって、巡《めぐり》も二斗《にと》も……すげえ辛《つら》かっただろ？」

さっきまでの話が嘘《うそ》だったような。

あくまで普通の後輩を気づかうような、六曜《ろくよう》先輩の表情。

「そんな色々を抱えて、毎日を頑張るのは相当きつかっただろ」

予想外のその言葉に——わっと胸にこみ上げるものがあった。

胸にぽっかり空いたスペースに、優しく満ちていくその言葉。

——わかってもらえた。

俺と二斗《にと》の苦しみを、大変さを、知ってもらえた——。

実はずっと、こんな言葉を求めていたのかもしれない。

がむしゃらに前に進む毎日の中で、俺はそんな風に、言ってもらいたかったのかも……。

「あー、それは確かにそうですね！」

五十嵐《いがらし》さんも、気付いた表情で背筋を伸ばす。

「わかんないよ！　まだ全部本当だって、完璧には思えてない。でも……」

彼女は視線を落とし、含むように笑う。

その目が母性を思わせる優しさで、細められる。

「二人にとっては、確実にそれが現実だったんだもんね。大変だったね、それは……」

目の奥が、じわっと熱くなった。

安心感とうれしさで、胸が一杯になる。

それが涙になって目が潤んで、思わず零《こぼ》れそうになったその瞬間——、

「うわあああん!!　萌寧《もね》えぇ……！」

——飛び込んだ。

隣に立っていたはずの二斗《にと》が——勢いよく、五十嵐《いがらし》さんの胸に飛び込んでいった。

「苦しかった！　怖かったよぉおおお……」

声を上げて泣いている二斗《にと》。

きっと――張り詰めていた気持ちがあふれ出したんだろう。

初めてそれを打ちあけられて、受け入れられて、心底ほっとしている。

「……だよねえ、よしよし……」

その気持ちは、痛いほど理解できた。

たった二人で過去を変えてきた俺たち。

それを今、大切な友人に受け入れられた――。

その喜びは――最大の報酬にも思えた。

俺たちの努力を、失敗も苦悩も含めて肯定してもらえた感覚――。

「よく頑張ったよ、千華《ちか》も、坂本《さかもと》も……」

言いながら、頭を優しく撫《な》でる五十嵐《いがらし》さん。

まだ、俺たちのゴールにはほど遠い。

問題は解決していないし、むしろこれまでで最大の難問にぶち当たっている。

それでも――、

「お、巡《めぐり》もやっとくか？」

「あはは、気持ちだけいただいときます」

両手を広げ、迎え入れる体勢になる六曜《ろくよう》先輩。
その顔に浮かぶ、いたずらっぽい笑み。その向こうの真剣ないたわりの気持ち。
その気持ちを、俺はうれしく思う。
二人が、俺たちを受け入れてくれたことを、心からうれしく思う──。

＊

──六曜《ろくよう》先輩から連絡があったのは。
俺たちのライングループにメッセージが来たのは、秘密を打ちあけた数日後のことだった。
ハルキ『思い付いた』
ハルキ『良《い》い方法』
思いのほか、早い連絡だった。
そして思いのほか、前向きな文面だった。
ハルキ『これなら、巡《めぐり》と二斗《にと》の時間移動とループも証明できるし』

ハルキ『過去が消える問題も解決する。真琴《まこと》を救える可能性も上がると思う』

「……お、おお？」

午後八時過ぎ。

自室で宇宙系YouTuberの動画を見ていた俺は、その文面に困惑の声を上げた。

「いや、え、マジ？　そんな一気に、全部解決する？」

何度か文面を再確認するけれど、間違いない。

時間移動の証明も、過去が消える問題も解決？

そのうえ……真琴《まこと》を救える可能性まで？　……本気で？

「しかも、あの話からそんなに日も経《た》ってないのに……」

ひとまず、最近好きなアニメキャラが困惑顔をしているスタンプを送った。

二斗《にと》と五十嵐《いがらし》さんからも『なになにー？』『どゆこと？』というスタンプが寄せられる。

ハルキ『や、すげーシンプルな話』

そんな俺たちに、そう前置きして六曜《ろくよう》先輩は説明してくれる。

その『アイデア』を。

彼が言う通りにシンプルで――あまりにも『思い切った提案』を。

「……マ、マジか！」

その内容に――スマホ片手に大きな声が出てしまった。

「この人、本気で言ってんのか⁉」

それほどに、そのアイデアは突飛なものだった。

全く想像もしていなかった、俺からは出るはずもなかったアイデアだ。

まずは、受け入れるのに時間がかかる。

それを実行した場面を想像するのにも、頭のリソースを持っていかれる。

けれど、

「いや、でも確かに……それなら先輩の言う通りになるな……」

短く間を空けて、冷静にそうも考える。

「全部、問題が解決する……」

ハルキ『とりあえず』

他のメンバーも、混乱しているんだろう。

沈黙していたグループラインに、追加のメッセージが来た。

ハルキ『明日、部室で話そうぜ』
ハルキ『簡単に決められることじゃねーだろうし、直接話そう』

そうして——翌日、部室で俺たちは相談することになった。

メッセージが終わり、しばらく間を空けて寝る時間になる。

部屋の電気を消し、ベッドに横になる。

けれど——頭の中では、六曜《ろくよう》先輩の言うアイデアがぐるぐる回り続けていて。

思考はどうしても止まってくれなくて、なかなか寝付くことができなかった。

*

——翌日。

部室には、いつものように午後の光が差し込んでいた。

そろそろ三学期も終わりに近づいた、三月中旬。

陽光は仄《ほの》かに温かくて、部室の空気は穏やかに循環していて、俺はなんだか、真琴《まこと》と過ごした一度目の高校生活を思い出す。

そうだ――あの頃も。

二人でダラダラと部室で時間を過ごしたあの頃も。

俺と彼女は、こんな甘やかな怠惰さの中にいたんだ――。

「――つーことで、改めて説明する」

そんな俺に――俺たちに。

六曜《ろくよう》先輩は、すっと背筋を伸ばした姿勢で話を始めた。

見れば、二斗《にと》も五十嵐《いがらし》さんも、緊張の面持ちで彼を見上げている。

「俺のアイデアは、シンプルだ」

そう前置きして、先輩は端的に言う。

「――俺たち四人で、ループする」

「二斗《にと》だけじゃない。二斗《にと》と巡《めぐり》の二人じゃない」

「二斗《にと》、巡《めぐり》、萌寧《もね》、俺。その四人で――この一年を、やり直すんだ」

――四人でループする。

天文同好会のメンバー、全員でこの一年をやり直す。

それが――六曜《ろくよう》先輩が、俺たちに提案したアイデアだった。

先輩が、傍《かたわ》らのホワイトボードに『四人でループ』と書き込んだ。

本人の印象からはちょっと意外な、古風で流麗な文字。

……改めて、それをこうして文字にされて。

メッセージで提案された大胆さが形になって――心臓が一拍、存在感を主張した。

「巡《めぐり》と二斗《にと》の話には、いくつか問題があったよな」

ペンを片手に、六曜《ろくよう》先輩は説明を始める。

「まず、俺と萌寧《もね》にとって実感がないこと。これは当然だ。時間移動なんて、どう考えてもありえねーし。どんなに筋が通った説明をされたって、本気で信じることは難しい」

問題1、実感なし、とボードに書き込む六曜《ろくよう》先輩。

これはその通り。

現実離れした話を、口頭の説明で信じろって言う方が無理がある。

「次に、過去が消えること」

問題2、過去が消える――と先輩は書き込みながら、

「こっちも、かなり深刻な問題だ。俺とお前らが過ごした毎日が、なかったことになる。あんなに頑張って過ごした毎日が、二斗《にと》と巡《めぐり》の記憶の中にしかなくなっちまう。俺と萌寧《もね》は全部忘

れるんだ」

これも――六曜《ろくよう》先輩の言う通り。

彼の口からそう言われて、改めてその考えの残酷さを思い知る。

過去が消える、一緒に過ごした時間がなかったことになる。

それはどれだけ傲慢で、彼らからすれば寂しい選択だろう――。

今回と次回でほぼ同じ日々を過ごすことになるだろう、多くの人々はまだましだ。

けれど、俺と二斗《にと》が今回と次回のループで行動を変える分、この二人の日々は大きく変わることになる。

そこには――どうしようもない不条理さがある。

「この二つの問題が、二斗《にと》と巡《めぐり》のループにはあった」

かっかっ、と、先輩は二つのポイントをペンで指し示す。

「だから、俺は相談の返事がうまくできなかった。……萌寧《もね》はどうだ？」

言って、先輩は五十嵐《いがらし》さんの方を向き、

「萌寧《もね》も大分悩んでたけど、どう？　引っかかってたのは、この辺だったりしない？」

「ええ、そうですね……」

唇に人差し指を当て、五十嵐《いがらし》さんは考える顔のまま、

「わたしは、こんなにちゃんと言葉にできてたわけじゃないですけど。ぐわーって考えて、切

り分けはできてなかったんですけど……うん、多分こういうことだと思います。信じられないのと、全部消えちゃうの、どうなのっていう」

「だよな、ありがとう」

うなずくと、先輩は全員の方に向き直り、

「で――この問題。この二つの困ったことが、解決可能なのが、これだ」

ペンで、ボードの書き込みを指した。

そこにあるのは『四人でループ』の文字。

六曜《ろくよう》先輩からの、シンプルな提案。

「本当にループができるのかどうか。そんなの、自分もループすれば一発だ。信じるも何も、経験すれば疑う余地がない」

――その通りだ。

結局、本気で信じてもらうなら体験が一番早い。

自分自身が一年前に戻れば、時間移動を経験すれば疑いの余地は残らない。

「二斗《にと》と一緒にいれば、ループできるかもしれないんだろ？」

確かめるように、先輩は視線を二斗《にと》に向ける。

「試したことないし、確定ではないけど。巡《めぐり》の経験と併せて考えれば、一緒に一年前に戻れるかもしれない」

「ええ、そうですね……」

唇を噛《か》み、躊躇《ためら》いの露《あら》わな顔で二斗《にと》はうなずいた。

「本当に、確かじゃないんですけど。巡《めぐり》とは、そうやって一緒に戻るつもりでした……」

「だとしたら、全員で試すことも可能なはずだよな」

言って、六曜《ろくよう》先輩は自信の笑みを浮かべる。

「俺たち四人で一年前に戻る、ってのも、試せるはずだ」

そういうことに——なるだろう。

もちろん、うまくいかない可能性もある。

そのことは、俺と二人でループする場合と変わらない。

そして、結果として二斗《にと》だけが戻れたときには、他のメンバーに事情を話せばいいだけだ、
ということも。

「それから——過去が消える件」

もう一つの問題をペンで差し、先輩は真面目な顔をする。

「こっちは本気で、重要なことだよな。俺たちの思い出が消える。一年がなかったことになる。

けど——」

もう一度——六曜《ろくよう》先輩は不敵に笑い、

「俺と萌寧《もね》も戻れば、消えない。俺たちの中に、過去は残り続ける」

戦いに挑むような声で、そう言った。

——記憶に残る。

俺だけじゃない。二斗《にと》と二人だけでもない。

この四人全員が、この一年を覚えている——。

「……もちろん、事実としての出来事は、なかったことになる」

ただ、あくまでその声は冷静だ。

無鉄砲に話しているわけじゃないのを、その口調で思い知る。

「二斗《にと》が萌寧《もね》に向けたライブだとか、文化祭だとか。小惑星探しをした事実は、なくなっちまう。それだけじゃない、そこに関わってくれた人たちの記憶も、消える。四人で戻ったとしても、その事実は変わらない——」

——その話に、思い出すいくつもの顔がある。

ずっとそばにいてくれた千代田《ちよだ》先生。

五十嵐《いがらし》さんに恋をした、三津屋《みつや》さん。

文化祭で力を貸してくれた吾妻《あづま》先輩や、小惑星探しのライバル、七森《ななもり》さん。

そして——真琴《まこと》。

星を探すために、俺と一緒に勉強をしてくれた真琴《まこと》。

そんな、彼らの一年が『なかったこと』になる。

そこには、どうしようもない寂しさがある。

とてつもない罪悪感だって、覚えることになるだろう。

「……でも」

と、六曜《ろくよう》先輩は、どこか切なげに笑い、

「四人で背負えるだろ？」

優しい声で、俺たちにそう言った。

「四人でやり直せば、全員でそれを、背負えるだろ？」

一人ずつが、忘れないでいる。

それぞれ経験したことを、ずっと覚えている。

それが、俺たちにできる償いな気がした。

過去を変えるなんて、あまりにも傲慢な選択をした、俺たちの償い――。

「それに」

六曜《ろくよう》先輩は――俺を見る。

その目にまっすぐな、問いの色が浮かぶ。

人として、先輩が俺に尋ねたいこと――。

「それでも――真琴《まこと》を、助けたいよな？」

先輩が、俺に言う。

「そういうの、全部背負ってでも、あの子を助けたいよな?」

「――はい」

そう答えるのに、迷いは要らなかった。

「そのためなら、何だってしてします」

「……うん」

そう答えるのを知っていたように、六曜《ろくよう》先輩はうなずく。

そして、彼は一度咳払《せきばら》いしてから、

「もちろん、俺もそうしたい」

自分の気持ちを、そんな風にはっきり口に出す。

「真琴《まこと》とは、短い付き合いだよ。でも、あの子が命を落とすなんて、そんな未来あっちゃいけない。それに……俺たちなら、やり直せるだろ」

言って、彼は俺を、二斗《にと》を、五十嵐《いがらし》さんを見回して、

「俺たちなら、もう一回最高の一年を作り上げられるだろ」

自信と、信頼に満ちた声で言った。

「だから、試してみようぜ。ループってやつを」

「わたしも賛成！」

自然に、五十嵐《いがらし》さんが六曜《ろくよう》先輩に続いた。

「ちょっとまだ、混乱してるけど……でも、うん。もう一度、みんなとこの一年をやり直せるなら大歓迎！　大変なこともあるだろうけど、華のJKを一年長くやれるわけだし。むしろお得じゃん！　そのうえ……真琴《まこと》ちゃん助けられるなら断る理由はない」

頼もしい口調に、思わず笑いが漏れた。

この子をこんな風に思えるままで、もう一度一年を繰り返す。

そのイメージに、俺は淡く期待さえ覚え始める。

そして、

「……二斗《にと》は」

最後に――彼女の方を。

俺の隣で、考える表情の二斗《にと》を方を向いた。

「どうだよ？　四人でループするの、どう思う？」

真剣な表情で、視線を足下に……裸足《はだし》の爪先に落としている二斗《にと》。

結局――この子がキーだ。

ループをできるのはこの子しかいない。

二斗《にと》が四人でやり直すのを、どう思うのか。

「正直、大変な思いはさせると思うよ」

具体的に、やり直す一年をイメージして俺は続ける。

「この一年は、二斗《にと》が苦労続きなんだよな。音楽活動を本格化させて、インテグレート・マグを守るために、成功もしていかなくちゃいけなくて。ライブも、配信も、失敗できないことの連続で……」

誰よりも、二斗《にと》はこの一年で戦っていたと思う。

曲を演奏し世に放ち、高い評価を得る。

課せられたハードルは、誰よりも高い。

これまでも、そんなループを繰り返してきたんだろう。

成功もあれば失敗もあったはず。

今回、俺たちは俺たちの意思でそれを願うことになる。

だから——そのことには、少なくとも自覚的でありたいと思う。

彼女の意思を、できる限り尊重したい。感謝したいと思う。

そして、二斗《にと》は——、

「──やろう。四人で、一年をもう一度」

──顔を上げ、まっすぐな笑みで言った。

迷いも躊躇《ためら》いも、全く見えない表情だった。

「真琴《まこと》ちゃんを助けられるかもしれないなら、何でも試してみよう」

「……ありがとう」

代表して、俺が彼女に礼を言った。

「ごめんな、無理させて。でも、ありがとう」

「ううん、これはわたしの意思でもあるから」

気丈にそう言って、二斗《にと》は首を振って見せた。

「それに、一人じゃないなら。みんなも一緒にいてくれるなら……」

言って、二斗《にと》は順番に俺たちを見る。その視線に籠もった信頼、友情、好意。

瞳の放つ光はまぶしくて、これまで見たどの彼女の眼差《まなざ》しよりも、強い魅力を放っているようにに見えて、

「きっと……楽しい『やり直し』になるよ」

「だな」

心臓が跳ねるのを自覚しながら、俺は彼女にうなずいた。

「じゃあ、やりますか」

「おう」

「よし」

「うん」

「ただ……その前に」

全員の意思を確認して——けれど、一度俺は息を吐く。

「ループする前に、各自やるべきことをやっておこう」

「やるべきこと?」

「ああ」

尋ねる五十嵐《いがらし》さんに、俺はうなずいた。

「この時間軸を終わらせるなら、会うのが最後になる人も、いるだろ?」

その言葉に、六曜《ろくよう》先輩と五十嵐《いがらし》さんが気付いた顔になる。

「この一年で、初めて会った人だけじゃない。家族や友達、ただのクラスメイトや知り合いも
……この時間軸の彼らに会えるのは、これで最後なんだ」

言いながら、俺は思い返す。

この一年で関わってきた、会話を交わしてきた人たち。

ループをするなら、これでお別れということになる。

もう一度出会えるとして、『今回の彼ら』と会うのはこれで最後——。

「だから」

と、胸に苦しさを感じながら。

すべてを終わらせる切なさを感じながら、俺は三人に言った。

「みんな——できるだけ、大切な人たちにあいさつをしておこう」

＊

翌日から、周囲の人へのお別れを始めた。

まずは、クラスメイトである西上《にしがみ》、鷹島《たかしま》、沖田《おきた》。

この時間軸で、親しくなった友人たち——。

「——お前らと、友達になれてよかったよ」

昼休み。弁当を食べる最中。

そう切り出すと、西上《にしがみ》たちは怪訝《けげん》な顔をする。

「どうしたよ、急に……」

「坂本《さかもと》、なんか転校とかすんの？」

「もしかして、急病とか……？」

不安そうな彼らに笑いながら首を振ると、

「いや、なんとなく。友達がいるの、ありがてえなと思って」

「ほーん」

「そっか」

興味なさそうにそう言って、それぞれ弁当の続きにかかる西上《にしがみ》たち。

一度目の高校生活では疎遠だった、今回で初めて仲良くなれたこのメンツ。

考えてみれば、こういうメンバーで過ごす時間が、なんてことのない毎日が『日常』ってものだったんだろうなと思う。

「──来年も、よろしくな」

色んな気持ちを込めて、ギリギリのところで俺はそう言う。

「クラスも別になるかもしれないけど、これまでのこと……忘れるかもしれねえけど。また、仲良くできるとうれしいよ」

「……え、忘れる？」

「んなわけないでしょ」

鷹島《たかしま》と沖田《おきた》が、軽い口調で笑う。

そして西上《にしがみ》も、

「まー、仲良くするだろ」

こちらをちらっと見て、ちょっと恥ずかしそうにこう言ったのだった。

「多分坂本《さかもと》とは、これからも友達でい続けるだろ」

「……おう、ありがとう」

俺もそう答えてうなずくと、弁当の続きに取りかかったのだった。


順番に、あいさつを済ませていく。

両親と瑞樹《みずき》。ラインで七森《ななもり》さんに。

それから──ずっと俺たちを支えてくれた千代田《ちよだ》先生にも。

「──本当に一年、ありがとうございました」

「何、改まっちゃって」

「いえ。ちゃんとお礼を言いたくなって。マジでよくしてもらったんで」

思えば、色々この人のおかげだ。

千代田《ちよだ》先生が付き添ってくれるから、毎月何度も天体観測ができた。

『星空の村天文研究会』を教えてくれたのもこの人だし、千代田《ちよだ》先生がいなかったらこんな未来にたどり着くこともできなかった。

「本当に、お世話になりました……」

そう言って頭を下げる俺に、千代田《ちよだ》先生は面白そうに笑う。

「ほんとに急ね」

そして──、

「もう二度と会えなくなるみたいな」

──本当に、どれだけ鋭いんだろう。

──その鋭さで、どれだけ俺たちを救ってくれたんだろう。

笑う千代田《ちよだ》先生に、釣られるようにして俺も笑ってしまった。

そして──、

＊

巡《めぐり》『これまでありがとう』

巡《めぐり》『絶対に、真琴《まこと》を助けるからな』

巡《めぐり》『何があっても、助けてみせるから』

「……よし」

集まった──天文同好会部室。

最後のあいさつ、真琴《まこと》へのラインを終えて、俺は顔を上げた。

「みんな、準備はいいかな？」

そこにいる五十嵐《いがらし》さん、六曜《ろくよう》先輩。

そして──二斗《にと》。

彼らはそれぞれに複雑な感情を顔に浮かべ、けれど強い意志を目に光らせそこにいた。

「うん、大丈夫」

「覚悟決まったわ」

「いつでもいけるよ」

口々に、そう言ってくれるメンバーたち。

そんな彼らに、心強さを覚えつつ、

「実際に、何が起きるかはわからない」

俺は最後に、彼らに注意点を伝えた。

「二斗《にと》だけ戻るのかもしれないし、そうなったときに……今の俺たちがどうなるのかも、わからない」

そう——未《いま》だにそういう可能性だってある。

誰かとループするなんて二斗《にと》にとっても初めてのことだ。

それがうまくいくなんて保証はどこにもない。

だから、置いていかれる側になる可能性もある。

これまであいさつをしてきた友人や家族と同じように、この時間に置いていかれる可能性。

そうなったとき、どうなるんだろう。

単純に消えるのか、それともこの時間はこの時間で続くのか。

続くとしたら、そのとき二斗《にと》はどうなるのか。

——わからないことだらけだ。

やってみるまで、何が起きるかわからない。

けれど、

「うまくいったら……向こうで、すぐに合流しよう」

全員の目を見て、俺は言う。

「この一年を、すぐに再開しよう！」

うなずいてくれる面々。

そして二斗《にと》が——ピアノの前に移る。

大きく深呼吸して、鍵盤に手を置く。

「じゃあ……みんな、いい？」

真剣な表情で。

どんなライブの前よりも緊張した顔で、二斗《にと》が俺たちを見た。

「曲、始めるよ？」

「……おう、頼む」

うなずくと、二斗《にと》は小さくほほえむ。

そして、もう一度息を吸い——鍵盤に、指を躍らせ始めた。

舞うように響く、聴き覚えのある旋律。

二斗《にと》のオリジナル曲、そのピアノアレンジ。

そうか——二斗《にと》はこんな風にして。

こんな旋律と和声の中で、何度も高校時代をやり直していたんだ——。

そう考えると同時に——光が視界を覆った。

眩《まばゆ》い一瞬の閃光《せんこう》。

真っ白なそれに、俺は反射的に目をつぶる。

数秒後。網膜に焼き付いたそれが消え、恐る恐るまぶたを開けると、

俺たちは――暗がりに浮かんでいた。

それまでの景色はどこかに消え、果てのない真っ暗な空間に、俺と六曜《ろくよう》先輩、五十嵐《いがらし》さん、そして二斗《にと》が浮かんでいる。

驚いている彼らの表情。

ふわふわと漂う、彼らの身体《からだ》。

そして――俺たちの周囲をいくつかの光が回り始める。

公転する惑星たちのような、速度も大きさも違う眩《まばゆ》い灯《あか》り。

灯《あか》りたちは徐々にその回転速度を上げていく。

光が渦になり、俺たち周囲を高速で回り――。

そして、ピンクの光に――視界のすべてが覆い尽くされた。

第四話 chapter4

【n度目の春】

桜の花びらが、視界を覆っていた。

むせかえるような花の香りがする。暖かい春の風が肌を撫《な》でた。

――覚えのある光景だった。

こんな感触を、俺は確かに経験したことがある。

あれはそう……最初に時間移動を経験したとき。

初めて真琴《まこと》と一緒に部室のピアノを弾き、三年前の入学式の日に戻ったときのこと――。

……つまり、これは。

俺が、ここにいるということは……。

そのとき――どん、と、胸に何かが当たった。

「――わあ、ごめんなさい！」

覚えのある声がした。

「桜すごくて、前が見えなくて……」

――聴き慣れた声だった。

俺が隣にいることを選んだ、とても大切な彼女の声。

風が止《や》み、桜吹雪が収まる。

はらはらと花びらが足下に落ち、視界が開ける――。

目の前に――彼女がいた。

長い黒髪を手で押さえ、明るく整った顔に笑みを浮かべる女の子。

そして——、

「どうも。わたし、二斗千華《にとちか》っていいます……」

どこかはにかむ顔で彼女は、二斗《にと》は俺に言う。

見覚えのある景色で、聞き覚えのある台詞《せりふ》だった。

さらに、彼女は少し不安げに顔を曇らせ、

「君は……わたしのこと、覚えてる？」

恐る恐る、といった顔つき。

本当に俺もループできたのか、あるいはそうでないのか探る表情。

だから俺は、できるだけ優しい顔を作り、

「もちろん覚えてるよ」

彼女に深く、うなずいて見せた。

「大切な俺の彼女、二斗《にと》だ」

「……よかったあ」

長く息を吐き出し、二斗《にと》は俺の手を取った。

「ループ、成功したんだあ……」

——成功。

そうだ——間違いない。
——一年前だ。
俺と二斗《にと》は、あの日の一年前。
俺たちの、入学式の日に戻ってきた——。
お互いの手を握ったまま、周囲を見回す。
俺たちは、正門そばに立っていた。
公立校特有の古びて苔《こけ》むした門構え。その近くの殺風景な車回し。
周囲には同じ制服の生徒たちが集まり、両親らしい大人たちも彼らのそばにいた。
浮かれたざわめきと、辺りに漂う祭りの日のような高揚感——。
「となると、他の二人も——」
「——千華《ちか》ぁ！」
タイミングよく、向こうからそんな声が聞こえた。
ひらひらと舞うような、トーンの高い声。
二斗《にと》よりはちょっと幼くて、気の強そうな響き。
そして、
「萌寧《もね》！」
二斗《にと》が呼ぶと同時に——人混みの中から、彼女が飛び出してくる。

チワワみたいに丸い目と、低めの背。

入学初日のはずなのに、着崩された制服。

俺たちの、天文同好会の大事なメンバー、五十嵐萌寧《いがらしもね》――。

「ねえこれ……成功してるよね⁉」

二斗《にと》と手を取り合い、五十嵐《いがらし》さんは身体《からだ》と声を弾ませる。

「わたしたち、戻ってきてるよね⁉　入学式に！」

「うん……そうだね」

「わー、これがループ。本当だったんだ……」

言いながら、五十嵐《いがらし》さんは自分の身体《からだ》を見下ろした。

つい少し前、一年後の世界ではもう少し大きかったように見える身体《からだ》。

それが今、おろしたての制服を身に纏《まと》っていて、

「制服新品だし、ローファーも硬いし……うわあ、マジかあ……」

「最初はそれ、ビビるよな」

初々《ういうい》しい反応がほほえましくて、俺も彼女に笑いかけた。

「髪型とかも、いきなり変わったりするし」

「うん。なんか変な感じ……はー……」

言って、彼女は周囲を見回し、

「これが……一年前」

つぶやくように、そう言った。

「マジで戻ってきたんだ、わたしたち……」

「――ようよう、新入生諸君！」

さらに――力強く低い声が、背後から響いた。

「ご入学おめでとう」

振り返ると、短い髪に整った顔。

自信に満ちた表情と、引き締まった体軀《たいく》。

――六曜《ろくよう》先輩だ。

「ずいぶん仲良さそうな三人組だな。俺も仲間に入れてくれよ」

天文同好会、唯一の上級生メンバー。

俺たちと一緒にループをした、最後の一人。

彼も無事――一年前に戻ってこられたみたいだ。

「……ありがとうございます」

笑い返しながら、俺は先輩にそう答える。

「先輩直々に、こんな一年にあいさつに来ていただいちゃって」

「いいってことよ」

六曜《ろくよう》先輩はいたずらに笑い、

「なんかお前らとは、初めて会った気がしねえから。ついさっきも一緒にいた気がする」

「あはは、ほんとですね」

「奇遇だなー、わたしもそんな気分です」

二斗《にと》と五十嵐《いがらし》さんも、そんな彼に続いた。

そんなやりとりに——胸に熱いものが宿り始める。

高校生活を、こんなメンバーとやり直せる。

俺一人じゃなく、二斗《にと》と二人でもなく。こんな友人たちと。

きっと、できるはずだ。

このメンバーでなら、全員が笑っていられる未来を手に入れられる。

「ちなみにお前ら……同好会とか興味あるか？」

なんて言って、先輩は校舎の方、部室を指差して見せると、

「今なら天文同好会なんておすすめだぞ。部室、俺らで自由に使えるようになるし」

「お、それは興味深いですね」

「わたし、入部しようかなー」

「わたしはパス、茶道部入るから」

「いやそこは素直に入部しとけや！」

そんな風に笑い合いながら、俺たち四人はもう一度、その校舎を見上げたのだった。

＊

まずは──今後の過ごし方の方針について、四人で相談する。

入学式の直後、皆でやってきたファミレスにて。

「部室で話したいところだったけどなー」

飲み物の入ったコップを手に、俺は思わずこぼした。

「やっぱこう、俺らが話すとしたらあそこってのが染《し》みついてるから……」

「まあまあ、仕方ないよ」

そんな俺に、二斗《にと》が眉を寄せて笑う。

「わたしたち、入学してすぐだし。いきなり部室にたむろしてたら、変に思われるでしょ」

その髪は久しぶりにロングヘアーで、なんだか懐《なつ》かしい気分になった。

本人曰《いわ》く、ショートが気に入ったしすぐに切りに行く、とのことだから、今日で見納めとなってしまいそうなのだけど。

それでも、この髪型の二斗《にと》に恋をしたんだよななんて、そんなことを改めて思った。

「で、今後のことでしょ？」

俺に代わり、五十嵐《いがらし》さんが話を進めてくれる。

「これから起きるイベントを、どうしていくか。部員勧誘にしろ文化祭にしろ、わたしたちはそこで起きることを大体知ってるけど……その上でどう行動するか」

「だね」

「どうするかなー」

そうだ、そこが問題になってくる。

四人で繰り返す、この一年間。

一度目も色んなことが起きたけど、今回はどんな風にそのイベントに臨むのか。

そこはこのメンバーで、大枠の意思統一をしておきたい。

「まずは、これは本当に大前提だけど」

と、俺が率先して切り出す。

「やっぱり、真琴《まこと》を救うことをいつも意識したい」

どうしても、何より最初にそこが来た。

真琴《まこと》が助かる未来を目指す。

つまり——彼女が天沼《あまぬま》高校に入ってくれることを目指して、行動を選択する。

「俺たちの色んな行動が、真琴《まこと》の選択に関わってくると思う。彼女に見せる言動とか、部室の雰囲気とか。もちろん、真琴《まこと》のことだけ考えて生きる、っていう風にはしたくないよ。けど、あの子が生き残ることは……いつも頭の中に、意識しておきたいんだ」

「うん、まずはそれだね」

二斗《にと》もそう言って、うなずいてくれた。

「わたしも、それは異議なし」

「もちろん、そこはそうしよう」

「おう」

五十嵐《いがらし》さんも六曜《ろくよう》先輩も、それに続く。

「……でもさ」

と、五十嵐《いがらし》さんは気遣わしげにこちらを見て、

「真琴《まこと》ちゃんが入学しなかったのって……坂本《さかもと》たちの。その……坂本《さかもと》と千華《ちか》との関係が、理由なんでしょ？」

その目には、明白に心配の色が浮かんでいた。

気の強そうなその顔に浮かんだ、気遣わしげな表情。

「坂本《さかもと》と千華《ちか》が付き合ってて。気持ちが通じ合ってたから、それを見ているのを辛《つら》く思ったんでしょ……？」

「ああ、そうらしい」

素直にうなずいて、俺はそう認める。

「本人からも、そう聞いてる……」

自分で言うのも、未《いま》だに信じられない気分だけど。

真琴《まこと》が俺にそんな気持ちを向けてくれるなんて、実感もないけれど。

それでも――事実そうなんだ。

俺と二斗《にと》の関係に、真琴《まこと》は傷ついて天沼《あまぬま》高校入学を拒んだ。

「じゃあ、もしかして……」

と、六曜《ろくよう》先輩が眉を寄せ、

「お前ら……付き合わないつもりなのかよ？」

不機嫌そうにも見える顔で、尋ねてくる。

「あの子のために、距離取るつもりなのかよ？」

当然、そんな風にも思うだろう。

実際、俺と二斗《にと》の距離が今よりも遠かった時間軸で、真琴《まこと》は天沼《あまぬま》高校に入学していた。

確実に彼女を助けるなら――二斗《にと》と距離を取るのがベストなのは、間違いない。

けれど、

「……いえ、そうはしないつもりです」

首を振り、俺はコップの中のゼロカロリーコーラを一口飲んだ。

氷で薄まったそれが、ちょっと嘘《うそ》っぽい甘さと一緒に口に広がった。

「それはそれで、不誠実になると思うんです。二斗《にと》と俺の距離はもう近づいた。それを元に戻すことはできないですし」

気持ちに嘘《うそ》をついても、長続きはしないと思う。

どこかで真琴《まこと》には本当のことがバレるかもしれないし、俺と二斗《にと》だって辛《つら》い思いをする。

それは多分、俺たちが目指す本当の解決ではない。

だから、もっと他の方法を、俺たちは考えるべきだ。

「よかったあ」

隣でそんな声を上げたのは——二斗《にと》だった。

彼女は上半身をテーブルに投げ出すと、心底ほっとした顔でこちらを見上げ、

「もしかしたら……別れるつもりなのかもって思ってた。真琴《まこと》ちゃんを助けるために、俺たち他人に戻ろうって……」

「ああそっか、そうだよな」

小さく笑いながら、俺はそちらに視線を落とす。

「心配にもなるよな……ごめん。でも基本、そうするつもりはないよ。俺たちは俺たちのままで、真琴《まこと》が天沼《あまぬま》高校に入ってくれる方法を探そうと思う」

「でも、具体的にどうするの？」

尋ねてきたのは、五十嵐《いがらし》さんだった。

「この時間軸でも、真琴《まこと》ちゃんとは交流するつもりでしょ？　ほらそれこそ、星探しとかは一緒にやりたいだろうし」

それは、そのつもりだった。

一度目の高校生活、一年目は確かに真琴《まこと》と絡《から》むことはなかった。

あくまで彼女と交流ができたのは真琴《まこと》の高校入学後。中学時代の彼女と接するようになったのは、時間移動をしたあとの時間軸からだ。

つまり——そもそも、この一年真琴《まこと》と交流をしなければ、彼女は自動的に天沼《あまぬま》高校に入ってくれる。最悪、そんな風にするのも手だと思う。

ただ……できれば、阿智村《あちむら》での星探しは。

彼女と小惑星を探した日々は、消してしまいたくなかった。

俺にとって、それがかけがえのない思い出だったから。

どうしてもなかったことにしたくない、特別な出来事だったから。

ただ、そうなると真琴《まこと》には、別の配慮が必要になるわけだけど——、

「実は……そんなに難しいことじゃない気がしてる」

——俺は素直に、目算を口に出す。

「というか……正直その、前回は、結構真琴《まこと》の前でいちゃついちゃったので……。小惑星探しのときもそうだけど、その前も結構、二斗《にと》と一緒にいるところ見せちゃってたんでな……」

思い返せば、そうだったのだ。

初めて二斗《にと》と真琴《まこと》が会ったのは、喫茶店でのこと。

文化祭の前、時間移動を明かして色々相談したタイミングでだ。

あのとき……真琴《まこと》は俺と二斗《にと》のやりとりを見て。

一度目の高校生活では俺と真琴《まこと》は二人きりだったのに、今や俺が二斗《にと》と付き合っているのを知って、こんなことを言っていた。


「――でも、二人きりも。先輩と二人で時間を無駄にするのも」

「――そんな未来も、悪くなかったかもって、思いました……」


あの頃から――既に苦しかったのかもしれない。

それほどはっきりした感情があったわけではなかったと思う。

けれどそこには、バッドエンドに至る道筋が。天沼《あまぬま》高校入学を避けるルートが、既に敷かれ始めていた――。

「あー、確かに……」

言って、二斗《にと》は視線を落とす。

「うわあ……考えてみれば、そうだなあ。わたし、真琴《まこと》ちゃんに酷《ひど》いことを……」

「いやあ、仕方ないだろ」

「千華《ちか》は千華《ちか》で、必死だっただろうし」

落ち込む二斗《にと》に、六曜《ろくよう》先輩と五十嵐《いがらし》さんがフォローを入れた。

実際、仕方がないことだったと思う。

あの頃はむしろ、二斗《にと》の方が追い詰められていて。自分が生き残る術《すべ》を探すためなら、手段を選んでなんかいられなかっただろう。

だから──当時のことは、仕方がない。

二斗《にと》がやったことは、決して残酷でも間違ってもいなかった。

「……うん、ありがとう」

つぶやくような口調で言って、二斗《にと》はうなずいた。

「じゃあ、今回は気を付けよう。真琴《まこと》ちゃんの前で、必要以上に関係性を見せないように。嘘《うそ》はつかないけど、傷つけるようなことは極力しないように」

「だな。その上で、状況を見て柔軟に色々考える感じで」

それが、結局ベストだと思う。

変に気を遣って仲がよくない振りをするのも、真琴《まこと》にとっては侮辱みたいなものだろう。

実際、彼女に言われたんだ。

「そんな風に憐《あわ》れまれたいわけじゃない」と。

だから――良《い》い関係を探していければと思う。

この時間軸で、俺と二斗《にと》、真琴《まこと》の新しい関係を探したい――。

「――わたしの場合、ライブはぶっつけ本番だし」

「――他のイベントも、本気でやりたいよな」

「――じゃあ、真琴《まこと》ちゃんとはそうする感じで」

真琴《まこと》の話が一区切りして。

俺たちは、他の出来事に関する話題に移った。

起きることは色々ある。部員集めから初めての動画作り。

二斗《にと》の引っ越しや三津屋《みつや》さんとのデートや文化祭。

そして――小惑星探し。

もちろん、細かいことはそのとき相談して判断するとして、基本的にどんなスタンスで臨むのか。

「――一度目に知ったことを使って、有利に立ち回る、みたいなのはあんましたくないな」

「――ですよね。だからわたしも、曲はできるだけ一回目に思い付いたのを使ってて」

「――文化祭！　今回は勝ちてぇ！　あと、萌寧《もね》とやった料理対決も！」
そんな風に盛り上がりながら、大枠として――方向性は決まった。
まず、前回の一年間で知った情報を、都合よく利用しすぎないこと。
既に一度経験したおかげで、攻略法がわかっている出来事は沢山ある。
たとえば、『星空の村天文研究会』の選考試験だとか。
文化祭でどんなライブをやるのか、だとか。
三津屋《みつや》さんとのデートの行方だとか。
そういう場面で――事前情報を、手前勝手に使わない。
この瞬間を初めて生きている周囲の人たちの前で、できる限りのズルは避ける。
少なくとも心持ちは「初めて」で、それぞれに臨むことに決めた。
次に――お世話になった人々。
千代田《ちよだ》先生やminaseさん。西上《にしがみ》、鷹島《たかしま》、沖田《おきた》。
それから……三津屋《みつや》さんや吾妻《あづま》先輩や七森《ななもり》さん。
そういう人たちとは、今回もできる限り交流していこうと決めた。
一回目の高校生活で、そばにいてくれた彼ら。
そんな人たちへの感謝は忘れたくないし、今回で他人になってしまうのは寂しい。

無理をしない範囲で、彼らとも関わっていきたい。

そして最後に――、

「そのうえで――できるだけ、充実した一年にしよう」

俺はその場の全員に、俺自身にそう言う。

「目的はあるけど、普通に俺たちの人生にとって大事な一年になるんだ」

そのことを、忘れたくないと思う。

確かに、真琴《まこと》を助けるのが最優先だ。

そのために、俺たちは過去の一年間を捨てて、もう一度やり直すなんて決意をした。

それでも……これから始まるのは、何度目であっても『かけがえのない高校生活』だ。

日々を大切に過ごすこと。

沢山の人やものと出会い、変わっていくこと。

そういうことも、きちんと味わいたいと思う。

「……良《い》い高校生活にしような」

だから俺は、天文同好会のメンバーに。

運命共同体とも言える目の前の三人に、そう言ったのだった。

「今回も――成功したり失敗したりして、大切な高校生活にしようぜ」

そうして——俺たちのやり直しの日々が。
騒がしくて目の回るような毎日が、再び始まった——。

＊

＊＊＊

「——あー、結局こうなるのな」

「——本当にね……」

わたしたち、二斗千華《にとちか》と坂本巡《さかもとめぐり》がそんな風に言い合ったのは——五月一日。

午前零時過ぎの、わたしの自宅でのことだった。

夜遅く、家にいるのはわたしと彼だけ。

二人並んで椅子に腰掛け、ときおり静かに言葉を交わしている——。

そこだけ切り取れば……ちょっとドキドキしちゃうシチュエーションかもしれない。

好きな男の子と、夜中に二人きり。

何をしたって誰にもバレないだろう。

そんな状況……何か起きても不思議じゃなくない？

関係が、前に進んじゃいそうじゃない……？

けれど――、

「あれ？　声素材どこいった？　六曜《ろくよう》先輩のナレの」

「えっと、音系はこっちにまとめてあるんだけど……」

「ああ……でもなんか、足りない気がする」

――作業をしていた。

巡《めぐり》が自宅から持ってきてくれたノートパソコン。

その小さめのディスプレイを覗《のぞ》き込《こ》み――わたしたちは地道に動画の編集作業をしていた。

同好会の、活動実績作り。

前回の一年間でも問題になったそれを、わたしたちは改めて繰り返しているのだった。

しかも――前回と同じ、締め切り直前。

巡《めぐり》と二人、わたしの部屋で、徹夜覚悟で……。

「ふう……」

「目、シパシパしてきたね……」

「おう……」

低い声で、巡《めぐり》とそうつぶやき合った。

「目薬とか、買いに行こうか？」

「もう薬局しまってるんじゃね……？」

「確かに……」

二人とも、声がかすれていた。

疲れで思考が遅くなって、会話のテンポもモタり気味だ。

もちろん、今回はこんなヘタを踏まないつもりだったんだ。

別にわざと一度目みたいなシチュエーションにしたわけじゃあない。

うまくやるつもりだったんだよ、本当に……。

実際、今回同好会存続条件の、部員確保は一瞬で終わっていた。

わたし、巡《めぐり》、萌寧《もね》に六曜《ろくよう》先輩。

その四人が最初から揃《そろ》っていたから、最低人数を下回ることはない。

一応、皆で他の部員の勧誘活動もしたけれど、結局追加のメンバーは集まらず。

まあそれでもいいかと、並行して行っていた動画作成の仕上げに入った。

そして、編集完了したそのデータを、動画サイトにアップロードしようとしたところで――

わたしのパソコンはクラッシュ。クラウドに保存してあった素材ファイルを残して、完成動画データは天に召されてしまった。

「――そうだった！　二斗《にと》のパソコン、この日壊れるんだった！」

「──ああああー‼　確かに！！！」

「──完全に忘れてたな……」

同好会の面々全員が、頭を抱えた。

そう、皆一度体験したはずなんだ、わたしのパソコンが壊れちゃう展開は。

けれど──見事に忘れていて。

四人とものんきに動画を作りながら、「今回は楽勝だな」「なんか、それはそれでちょっとズルい気もするなー」なんて言っていたのだった。

「──どどど、どうする⁉」

「──俺んちには、パソコンあるよ！」

「──じゃあ、それで至急編集を始めよう！」

そして──結局こんなことに。

一度目の高校生活と同じ、徹夜での編集をする展開になったのだった。

「……まーでも、こんな感じなのかもなあ」

マウスをカチカチやりながら、ぼやくように巡《めぐり》が言う。

「なんか、前回とは全然違う毎日になるんだろうと思ってたし、似たような失敗もない気がしてたけど……そんなこともないんかな。パラレルワールドの分岐も、収束したりする、みたいな話を見るし……」

「あー」

その言葉に、わたしはこれまでのループを思い出す。

「まあ、色々だねえ……」

「ほう」

「やっぱり、全然違う感じになることはあるよ。それこそ、巡《めぐり》と仲良くなったループって、ここ数回くらいだし。それ以前は、ほとんどしゃべらなくて他人だったし」

「おお、なんかそんなことも言ってたな……」

「でも確かに、思い返せば同じようなイベントも、毎回起きててね。たとえば、どんな展開になろうと吾妻《あづま》先輩は文化祭でライブやって、めちゃくちゃ盛り上がってたよ」

吾妻《あづま》きらら先輩。

ショート動画サイトに踊りの動画を上げている、天沼《あまぬま》高校の先輩だ。

かわいいそのルックスと踊りで国内外問わず人気なのだけど、その内面は超体育会系（ちょいヤンキー）女子である。

前回のループではわたしと真っ向から勝負になったし、その気合いの入ったライブには本気で焦らされた。あのときは、マジで負けちゃうかもって思ったなあ……。

そんな彼女のタフさは、巡《めぐり》もちろん気付いていたようで、

「マジか！　逞《たくま》しいなあの人！」

パソコンから顔を上げ、なんだかうれしそうに言う。

「でもなんか、納得感あるな。あの人なら、どんな状況でも自分がライブするシチュ作っちゃいそうだよな……」

「だよね。ほんとすごいよあの人は……」

ちなみに……吾妻《あづま》先輩が六曜《ろくよう》先輩と付き合うループもあったりしたけど、それはまた別のお話。わたしだけの内緒にしておこうと思う。

それに、

「でもさ……変わったことも、いっぱいあるし」

言って、わたしは巡《めぐり》を見る、
疲れてしまったのか、いつの間にか作業の手が止まっている彼。

「何より、わたしたちが前回とは違うんだから……」

じっとその横顔を見つめた。

疲れて緩んでいる口元。うらやましいほどきれいな肌の頬。

結構整っているくせに、自分では全くそうと気付いていない顔の作り——。

そう、わたしたちの関係は変わった。

今、巡《めぐり》はわたしの隣にいる。

物理的な意味だけじゃない。

ちゃんと彼は、孤独だったわたしに寄り添ってくれた。

一人で戦うわたしの横に、自分の足で立ってくれている。

だから……この時間軸、きっとわたしは幸せに音楽ができると思う。

これまでのように追い詰められるんじゃなくて。

歌うことを、曲を作ることを楽しめるだろうと思う——。

「んー、まあな……」

わたしの視線にも気付かずに、巡《めぐり》は伸びをして言う。

「それはまあ、うれしいけどな……」

酷《ひど》くぼんやりした、ほとんどひとりごとみたいなその口調。

だから、わたしは身を乗り出して。

彼の方にぐっと身体《からだ》を近づけて——短く、その頰にキスをした。

すべすべで、子供みたいに柔らかいその頰に——。

「っ⁉」

弾《はじ》かれたように、巡《めぐり》がこちらを見る。

目を丸くしている彼、その頰がぽっと赤くなっていく。

そんな彼に、

「……頑張ろうね」

こっちも照れくさい気分になりながら、わたしはそう言ったのでした。

「大変なこともあるだろうけど……一緒に頑張ろうね」

＊＊＊

「――さあ、リベンジマッチだ！」

わたし――五十嵐萌寧《いがらしもね》の目の前で。

普段使いの割烹着《かっぽうぎ》に身を包んだわたしの前で、六曜《ろくよう》先輩は獰猛《どうもう》な顔でそう言った。

「前回の料理対決……俺のスパイスカレーは、萌寧《もね》の家庭料理に惨敗《ざんぱい》しちまった……。生活の中で生み出される美味《おい》しさに、俺の付け焼き刃の料理は敵《かな》わなかった……」

悔しげな顔で、唇を噛《か》む先輩。

当時の敗北を、そのときの気持ちを思い出している表情だ。

けれど――彼は顔を上げると、こちらをびしっと指差し、

「でも、あれから俺も成長したんだ！　今回こそ勝たせてもらうぜ！」

その様は、強面《こわもて》な顔や引き締まった身体《からだ》もあってヤンキー漫画の登場人物にも見える。

普通の女子だったら、ちょっとビビっちゃう迫力かも。

けれど――、

「ふふ……」

そんな彼に、わたしは余裕の笑みで答えた。

「威勢のいいこと。まあ、せいぜい頑張ってくださいね……」

――六曜《ろくよう》家のキッチン。

久しぶりに来たこの場所は、前回と同じくあまりにゴージャスな空間だった。

高校生二人が料理をしても、危なくないスペースの広さ。

流しは二箇所にあり、コンロも五口。

我が家、五十嵐《いがらし》家のキッチンがこぢんまりしているから、こういう場所でお料理できるのはわくわくしてしまう。

……まあ、今回もわたしは手間暇をかけずシンプルに。

あくまで日常的な料理で、彼に立ち向かう気なのだけど――。

「さあ、両者気合い十分ですね！」

実況の坂本《さかもと》が、わたしたちを見回してそう言う。

「今回の戦いは、一体どんな結果になるんでしょう」

「萌寧《もね》は数日前から、今日のために策を練っていたみたいですからね」

そしてそれに、解説風の口調で千華《ちか》が言う。

「対する六曜《ろくよう》先輩も、調理器具や材料を色々用意している様子。これは楽しみですね――」

――六曜春樹《ろくようはるき》VS五十嵐萌寧《いがらしもね》、お料理対決。

一度目の高校生活でも行われた戦いが、今回も再び繰り広げられようとしていた。

まあ、一度目とは経緯が結構違うんだけど。

目的も違うしこの場に千華《ちか》もいるし、意味合いは全然違うんだけど。

――前回、先輩と料理対決をしたのは、わたしの夢探しの一環だった。

千華《ちか》に依存しすぎているのをなんとかしたくて。

わたしはわたしで自立したくて、坂本《さかもと》と夢中になれる夢を探していた。

色んな趣味を試す中、元々料理が好きだったわたしはそれを発展させて夢にしようかと坂本《さかもと》に相談。なぜかそこに、六曜《ろくよう》先輩が勝負を挑んできて――対決、という展開になったのが前回。

ただ今回は――、

「千華《ちか》……元気が出るご飯、作るからね！」

わたしはそう言って、解説役ごっこをしている千華《ちか》に言う。

「引っ越しの疲れ、ふっとんじゃうようなの作るから！」

「うん、楽しみにしてるー！」

あっさり普段の千華《ちか》に戻って、彼女は笑顔で手を振ってくれた。

「頑張ってねー、萌寧《もね》！」

——引っ越しでお疲れの千華《ちか》。

荻窪《おぎくぼ》の実家から、事務所の寮に引っ越す準備をしている千華《ちか》が、料理対決の発端だった。

お仕事も学校も忙しくて、そのうえ部屋の片付けもしなくちゃいけなくて。

千華《ちか》は、傍目《はため》で見てもわかるほどに、へろへろに疲れ始めていた。

そんな彼女に、

「差し入れしてあげようか？」

と部室で提案したのが、今回の対決のきっかけだった。

「作業中、お腹《なか》空いたりするでしょ？　何かご飯持って、手伝いに行こうか？」

「えーそれうれしい！」

わたしの話に、千華《ちか》は目を輝かせた。

「来て来て！　一緒にやれば楽しそうだし！」

「……ほう」

そこで、そんな声を上げたのが——六曜《ろくよう》先輩だった。

「引っ越し作業の、差し入れねえ……」

腕を組みあごを撫《な》で、何かしらの巨匠みたいな顔でこちらを見る六曜《ろくよう》先輩。

「お、先輩もなんか、差し入れしてくれる感じですか？」

「大歓迎ですよ、一緒に行きましょう！」

「ああ、いや。それでもいいんだけどよ……」

言うと、先輩はにやりと笑い、

「……勝負しねえか？」

低い声で、挑むような口調でわたしにそう言った。

「どっちが二斗《にと》に喜ばれる差し入れをできるか、勝負しねえか？」

「え、どうしたんですか急に……」

唐突な展開に、わたしは困惑してしまう。

「普通に食べてもらうんじゃ、ダメなんですか？」

「ああ。最近よ、俺また料理にこり始めてな。で、前回は萌寧《もね》に完敗しただろ？　この時期にやった料理対決で」

「あ、ああ……そうでしたね」

「だから——」

言って、六曜《ろくよう》先輩は椅子から立ち上がり、

「——リベンジマッチしようぜ！」

何かしらのアニメのライバルキャラが言いそうな口調で、わたしに言ったのだった。

「萌寧《もね》――俺と、もう一回料理で勝負してくれ！」

ということで本日。

こうして六曜《ろくよう》家に集まり、二人で一緒に差し入れを作ることになったのでした。

……いや、冷静に考えたらおかしくない？

千華《ちか》の作業の合間に食べてもらうのが差し入れじゃない？

なんでこんな、料理メインのイベントになってるの。

最初のコンセプト、完全に見失ってるんだけど……。

とはいえ、このあと勝負が終わり次第、四人全員で千華《ちか》の家に行き、荷物整理の手伝いをすることにはなっている。さっさと対決を終えて、少しでも作業を進めちゃおう。

「――ということで、両者準備はいいでしょうか？」

わたしと先輩が食材や調理器具を出し終えたところで、レフェリー坂本《さかもと》が言う。

「おっけー」「こっちも大丈夫だ！」

「では始めましょう……調理開始！」

坂本《さかもと》のその声と同時に――わたしと先輩は差し入れを作り始めたのだった。

「――ということで、審査結果を発表させてもらいます」

そして――調理が終わり。

それぞれの料理を食べ終え、短い相談タイムがあって、結果発表となる。

「五十嵐《いがらし》さんVS六曜《ろくよう》先輩、お料理対決の勝者は……」

言って、坂本《さかもと》はぐっと言葉を溜《た》め――、

「――全会一致で、五十嵐《いがらし》さんの勝利です！」

「よしっ！　当然！」

「な、なんでだよ⁉」

六曜《ろくよう》先輩が、坂本《さかもと》に食ってかかった。

「今回の俺の料理、美味《うま》かっただろ！　引っ越しっていう、シチュエーションにも合ってたはずだ！」

「ええ、確かに美味《おい》しかったです」

落ちついた声で言って、千華《ちか》がうなずいた。

「引っ越しっぽい食べ物でもありましたね」

「だろ⁉」

よっぽど納得いかなかったらしい。

口角泡を飛ばして、六曜《ろくよう》先輩は主張する。

「なのに……なんで。どうして俺の負けなんだよ⁉」

「いや、だって……」

言うと、千華《ちか》は困ったように眉を寄せ、

「──引っ越し作業中、手打ち蕎麦《そば》は食べにくいですって……」

六曜《ろくよう》先輩を──作務衣《さむえ》を着て、頭にはちまきを巻いて。

完全なる『蕎麦《そば》打ち職人スタイル』になった先輩を見返した。

──手打ち蕎麦《そば》。

そう、六曜《ろくよう》先輩は今回なんと、自分で蕎麦《そば》を打ちそれを『引っ越し蕎麦《そば》』として千華《ちか》に提供したのだ。

すごかったー、調理工程。

なんかでっかいお椀《わん》的なのに粉入れて、水入れたり混ぜたり。

できた麺の種みたいなのを、伸ばして包丁で細長く切ったり。

確かに手際《てぎわ》はよかったし、先輩も一端《いっぱし》の職人みたいな顔してて面白かった。

実際、美味《おい》しかったとも思う。

「塩をかけて食べてみてくれ」とか「途中で嚙《か》まずに！」とか色々言われてうるさかったけど、
まあ確かに手間をかけただけあって美味《おい》しかった。

けれど、

「やっぱり、作業中は部屋中段ボールだらけですからね」

二斗《にと》はそう言って、キッチンの蕎麦《そば》打ち用調理器具に目をやる。

「あんまりゆっくり味わうってこともできないですし、どっちかっていうと、お腹《なか》に溜《た》まるご飯の方がうれしいですし」

「……なるほど」

ガクリと肩を落とし、六曜《ろくよう》先輩はうなずいた。

「シチュエーションに、適してなかった、と……」

――ちなみに。

わたしが作ったのは、おにぎりと卵焼き、唐揚げのセットです。

しかも、あえて唐揚げと卵焼きは作りたてじゃなく昨日晩ご飯用に作った残り。

おにぎりだけ、この場で握らせてもらいました。

こういう「お弁当感」がいいんだよね。

ボリュームもあるし元気も出るから、引っ越しの差し入れに最適と自負しています。

千華《ちか》にも坂本《さかもと》にもその辺は伝わったようで、二人にも大好評いただきました。

ていうか……考えてみればこれ、前回と同じ勝ち方だな。

特別な料理で挑んできた先輩に、実用性の高い料理で勝つっていう。

そろそろ六曜《ろくよう》先輩も、学んでみたらいいのにね。

趣味で作る料理だけじゃなくて、日常で喜ばれるような料理を。

——なんて考えていると。

「……諦めねえぞ」

六曜《ろくよう》先輩が、ふいに低い声を上げた。

そして、彼はバッと顔を上げると——、

「でも俺……まだ諦めねえからな！　萌寧《もね》！」

またもやアニメのライバルキャラみたいなことを言い出す。

「これからも、何度でも料理勝負を挑むからな！　首を洗って待ってろよ！」

「……はいはい」

思わず笑い出しながら、それはそれで悪くない未来だななんて思う。

何度も六曜《ろくよう》先輩と料理勝負をする、千華《ちか》も坂本《さかもと》もそれに付き合ってくれる。

うん……前回とは大分違うけど、そんな毎日も悪くない。

ただ、考えながらもわたしは割烹着《かっぽうぎ》を脱ぎ、

「ていうか……さすがに遅くなりすぎでしょ」

その場の全員にそう言った。

「このあと引っ越しの手伝いなのに、もうすぐ午後三時ですよ」

「……あ、ああ、本当だ！」

時計に目をやり、六曜《ろくよう》先輩が慌ててはちまきを取った。

「す、すまねえ二斗《にと》！　蕎麦《そば》打ちに夢中になりすぎた！」

「と、とりあえず急いで向かいましょう！」

「今日本棚系はまとめちゃわないと、当日までに間に合わないかも……」

坂本《さかもと》と千華《ちか》も、席を立ち準備を始める。

そんな彼らを眺めながら——ループで過去をやり直すのも。

もう一度一年を一緒に過ごすのも、楽しいものだなと改めて思った——。

＊＊＊

「——さて、どうなるか……」

碧天祭《へきてんさい》が終わったあと。区民センターにて。

俺、六曜春樹《ろくようはるき》は、巡《めぐり》の来場者数カウントが終わるのを待っていた。

「うわあ、ドキドキしてきた……」

「結構良《い》い勝負だったよな!?」

「てか、体感的には勝ってたと思うんだけど……」

周囲の有志ステージ関係者たちから、そんな声が上がる。

空気がそわそわし始めるのを、肌ではっきり感じた。

かく言う俺も……みんなと同じだ。

鼓動が高鳴るのを必死に何でもない振りをして、巡《めぐり》の報告を待っていた。

——二度目の文化祭。

ループしてやってきたこのイベントにて、俺と二斗《にと》は改めて戦っていた。

彼女はメインステージ担当、そしてそのトリの出演者として。

俺は巡《めぐり》、萌寧《もね》とともに有志ステージ担当として。

前回と同じく、お互いの来場者数、ネット中継の閲覧者数を競い合っていた。

今回も、俺は父親に『メインステージに勝て』という指令を受けていた。同時に二斗《にと》も、メジャーデビューがかかっている文化祭のステージに全力で臨む。

そんなわけで——数ヶ月前。

「——今回も、結局俺と二斗《にと》の勝負になるんだな」

「——ええ、そうですね」

文化祭実行委員が初めて集められた会議室で。

そんな風に言い合って、もう一度戦いの火蓋が切られたのだった。

「——今度こそ、本気でお前をぶっ倒してやるよ」

「——改めて、次元の違いを教えてあげます」

二斗《にと》とまたそんな話をできるのが、うれしくて仕方がない。

萌寧《もね》との料理対決と言い、俺は誰かと勝負するのが好きなのかもしれんな。

と、そんなことを思い出していた俺に、

「ねー、春樹《はるき》ー」

ふいに、隣に立っていた女子が話しかけてきた。

「わたしと賭けしない？」

見れば——吾妻《あづま》だった。

吾妻《あづま》きらら。

今回の有志ステージでもトリを務め、会場を盛り上げてくれたダンサー女子。

ツインテールの彼女が腕を組み、巡《めぐり》に視線をやったまま——俺にそう尋ねてきている。

こいつとは、以前から面識があった。

友達として絡《から》んだことが何回もあるし、文化祭が始まってからは距離が一層縮んだ。

一度目より、早めに出演者たちに協力をお願いすることになったのも大きい。

俺のために出演者たちは一念発起。中でも吾妻《あづま》は、出演者陣のリーダー格として有志ステージ全体を引っ張ってくれたのだ。

だから……今となってはこいつは俺の戦友で。

「おう、どんな賭けだよ？」

なんだかわくわくしながら、彼女にそう尋ねる。

前回は言われなかった「賭け」の提案。何だ？　一体何を賭ける気だ？

「春樹《はるき》も、当然有志ステージが勝つと思ってるでしょ？」

「ああ、もちろん」

「わたしも」

はっきりうなずいて見せると、吾妻《あづま》は満足そうにこちらを見る。

「絶対nitoに勝ったって思ってる。それだけのライブをやったし。みんなすごかったし」

「ああ、だな」

本当に——良《い》いステージだった。

出演者スタッフ、両方の気合いがビシバシ伝わる最高のステージ。

客席だって、一度目よりさらに盛り上がっていたし……うん、勝てるはず。

勝っているに違いない。

この有志ステージのリーダーとして、俺はそう確信している。

「じゃあ」

と、吾妻《あづま》はそんな俺を覗《のぞ》き込《こ》み、

「どれくらい差をつけて勝ったと思う？」

「……差か」

「うん。わたしは言うて結構ギリ。五〇人差くらいで勝ったかなって思ってる」

「ほう……」

なんとなく、話が読めてきた。

つまり、予測で賭けをしよう、ということなんだろう。

これから坂本《さかもと》が読み上げる結果と、自分たちの予測。

その数値の比較で、どっちが勝ちかを決める、という勝負だ。

だから俺は、

「一〇〇いくだろ」

胸を張り、強気にそう言って見せた。

「そんくらい差をつけて勝っただろ」

そう言い張りたかった。

吾妻《あづま》たちは沢山のものを賭けて、良《い》いステージを見せてくれたと思う。

実行委員長としても、個人としても感謝してもしきれない。

だから俺はねぎらいを込め、ありがとうの代わりの意味も込め、そんな予測をする。

「お前らのステージ、それだけ最高だったからな」

「あはは、見得切るね～」

鈴の鳴るような声で、吾妻《あづま》はコロコロ笑った。

「でもさすがに一〇〇は攻めすぎじゃない？」

「いやいや、妥当だね」

「そっか。じゃあ……」

と、彼女は一度咳払《せきばら》いをして、

「五〇人差と一〇〇人差、賭けは実際の数字に近かった方が勝ちね」

「おう、ちなみに何を賭けるんだよ？」

「そうだなー。春樹《はるき》が勝ったら、一週間昼おごるよ」

「いいね、助かる」

「で、わたしが勝ったらさ」

言うと、吾妻《あづま》は巡《めぐり》の方に目を戻し、

「わたしと付き合って」

「いいぞ」

「……えぇ」

困惑の声だった。

自分で言い出した癖に、なんだか動揺した様子だった。

「いや、即答すぎでしょ。別に今まで、告ったりとかもしてないのに……」

「んん。でもまあ、そうなるかもとは思ってたからな。碧天祭《へきてんさい》の準備期間中、接することも多かったし」

「……そうなの？」

探るような顔の吾妻《あづま》。

珍しいその姿に、なんだか噴き出しそうになってしまった。

普段こいつは『かわいいオタク趣味のダンサー』面と、『気風《きっぷ》のいい攻撃的女子』面を使い分けている。

そのどちらも、人間の軸はしっかりしていて。

慌てたり動揺したり、なんて姿はめったに見せない。

そんな吾妻《あづま》でも……普段は強気のこいつでも、こういう話のときには年相応にうろたえたりもするんだな。

「……思ってたんだ、そうなるかもって」

「ああ。あれだけ一緒にいりゃあな」

「そっか……」

実際、吾妻《あづま》はこの準備期間中、ずっと俺に寄り添ってくれていた。

一緒に客を集める方策を考え、ステージ全体の演出を練り、出演者を鼓舞してくれた。

その中で――吾妻《あづま》が俺に、特別な気持ちを抱いてくれているのはすぐに気付いたし。

そして俺も、同じような感情を抱きつつある。

こいつとなら、彼氏彼女として楽しくやっていけるかもしれない――。

「……じゃあ、そういうことで」

もじもじしながら、吾妻《あづま》は言った。

「春樹《はるき》が勝ったら、わたしが昼ご飯おごる。わたしが勝ったら、二人は付き合うってことで」

「おう。なんかまあ、景品が釣り合ってない気もするけどな」

「確かに、あはは」

「俺が彼氏になる価値、昼飯と同レベルかよ」

「まあでも、春樹《はるき》側にも彼女ができるって特典があるから」

「それもそうかもなー」

なんて、そんなことを話していたタイミングで——、

「——あぁぁあああああああー!!」


大声が上がった。

全員の注目の中——パソコンで集計作業をしていた巡《めぐり》からだ。

「おいどうした!」

反射的に、そちらに駆け寄った。

「何だよ巡《めぐり》、いきなりでけぇ声出して」

目を丸くし、頭を抱えている巡《めぐり》。

こいつ、たまにこうやって大声出すことがあるけど。

テンパって奇行に走ることがあるけど、にしても一体何があったんだ。

「け、結果が……」

視線の中心で、巡《めぐり》が言う。

「で、出たんですけど……」

「おう」

その言葉に、その場の全員がゴクリと唾を飲む。

宇宙空間みたいな静けさが、辺りに満ちる。

そして、巡《めぐり》は恐る恐る口を開き——、

「メインステージ、八九二一人に対して……有志ステージ、八九一二人……です」

——メインステージ、八九二一人。

——有志ステージ、八九一二人。

負け……ていた。

今回も、有志ステージはメインステージに負けてしまっていた。

しん、と周囲が静まりかえる。

その結果を受け止めようと、誰もがじっと視線を落としている。

……実を言うと、大きく予想外ではない。

吾妻《あづま》にはあんな風に言ったけれど、控えめに言って客の入りはほぼ同じ程度。

そうなると、勝負はネットでの視聴者数にかかってくるけれど、ｎｉｔｏの方が圧倒的に集客力があるのは間違いない。

だから——実際は、大敗の可能性もあると。

現実的には、結構な開きをつけられて今回も負ける可能性が、あると思っていた。

なのに、

「……九人差、か」

巡《めぐり》が告げた——その数字。

メインステージと有志ステージの差。

全体の数字から見れば……誤差としか言えないような、かすかな数字。

「たった、九人……」

その言葉を——もう一度口にして。

俺の中に、どうしようもない衝動がこみ上げて——。

「――あああ！　ちくしょおおおお！」

――気付けば、叫んでいた。

その場に膝をつき、拳を握ってそう叫んでいた。

「え、マジで九人⁉　紙一重じゃねえか！　あとちょっとで勝てたのに！」

あと少し――何かが違えば。

ほんの数グループ、有志ステージに見に来てくれれば、結果は変わっていた。

その事実が、悔しい以上に衝撃的だ。

かすかな差で、俺はもう一度ｎｉｔｏに負けてしまった。

「あーマジか！　うわあああああクッソおおおお！」

ただ――存外悪い気分ではない。

清々《すがすが》しくすらあった。

俺は、俺たちは全力で戦った。

その結果、素人《しろうと》の集まりだったくせに、九千人近く集客できた。

これは、間違いなく快挙だろう。

一度目の文化祭では、確か有志ステージ五千人ほどに対してメインステージ八千人近く。

大差をつけて負けていた。

それが、今や九人差。しかも、両ステージとも観客を増やして、だ。

その事実に――鳥肌が立つ。全身に、寒気を覚える。

そして、そんな俺に感化されたのか――、

「――うあー！　悔しい！」

「――マジか！　本当にあとちょっとだったじゃねえか！」

「――やっぱ俺、婆《ばあ》ちゃん呼んどけばよかった！」


――周囲からもそんな声が上がり始める。

悔やむ者、地団駄を踏む者、その場に大の字で寝転がるやつまでいる。

けれど――、

「――いやでも、これ実質勝利だろ⁉」

「――な、それ思った！　だって、相手はプロみたいなもんだろ？」

「――それに九人差……確かにほぼ勝ちだな！」

——彼らにも、悲愴《ひそう》な雰囲気は全くなかった。

むしろ、盛り上がっている。

あまりにもドラマチックなこの展開に、テンションが上がっているようにすら見える。

唯一、この場で本当に問題があるとしたら——俺の将来のことだ。

親父《おやじ》に、有志ステージでメインステージに勝てと言われたこと。

そうでなければ、起業は許さないと言われたこと。

前回の碧天祭《へきてんさい》と同じく、俺は今回もそれを理由に有志ステージを盛り上げようと頑張ってい
たし……だからこそ、みんなも協力してくれていた。

ただ……今回も、ステージを見た親父《おやじ》は納得。

俺に起業を許してくれることになった。

だから——その件を皆に手短に報告する。

俺の懸念《けねん》は解消されたこと。親父《おやじ》には、俺の気持ちを理解してもらえたこと。

ただ、前回「それでも就職してみる」「一度勉強する」と結論した部分は、伏せておいた。

なんだか……二度目の碧天祭《へきてんさい》を経て。

もう一度、みんなと有志ステージというプロジェクトを回してみたことで、俺の気持ちにも
変化が起きつつある。

起業……いきなりチャレンジしてもいいかも。

若いうちに、そういう無謀にも見える挑戦をしてみてもいいのかも、と……。

「——てことで……」

話を終えた俺に、隣の吾妻《あづま》が小さく言う。

「ステージでは、負けちゃったけど。nitoには負けたし、死ぬほど悔しいけど……」

言うと、吾妻《あづま》は顔を上げこちらを見て、

「賭けは……わたしの勝ちだよね？」

緊張気味に、首をかしげた。

「数字、わたしの方が近いよね……？」

「だな」

吾妻《あづま》の言う通りだった。

一〇〇人差をつけて勝つ、と予想した俺と、五〇人差をつけて勝つ、と予想した吾妻《あづま》。

どっちも「負ける」を予想はできなかったけど、近かったのは吾妻《あづま》だ。

賭けは、吾妻《あづま》の勝ちってことになる。

「じゃあ」

と、吾妻《あづま》は視線を落とし、

「付き合ってくれる……？」

恐る恐る、といった口調でそう尋ねてきた。

「約束、守ってくれる？」

「おう」

はっきりとうなずいて、俺は吾妻《あづま》に笑ってみせた。

「よろしくな、吾妻《あづま》！」

＊＊＊

碧天祭《へきてんさい》──有志ステージが、僅差でメインステージに負ける前。

準備期間が始まり、しばらくした頃──。

俺、坂本巡《さかもとめぐり》は自室にて、ある女の子と対峙《たいじ》していた。

「な、何の用でしょう……」

短い黒髪を、不安げにくしゃっと掻《か》く目の前の女子。

低い身長、警戒気味にきゅっと閉じた口元。

そして、懐《なつ》かない猫のような表情と、切れ長の目──。

「こんな急に話したいなんて……」

──真琴《まこと》だった。

このループのキーマンにして、今はごく普通の女子中学生。

芥川真琴《あくたがわまこと》と、俺は相対《あいたい》していた——。

既に、こっちの世界で何度か真琴《まこと》とは顔を合わせていた。

瑞樹《みずき》と遊びにきたとき、短く会話をして顔見知りくらいにはなっていた。

そして——今日。

文化祭準備期間に入ったこのタイミングで、俺は彼女にあることを打ちあけるつもりだった。

「……」

前回もほぼ同じことをしたのに。

一つ前のループでも、同じような話をしたのに、張り詰めるものがあった。

むしろ、緊張感は一度目よりも強いかもしれない。

でも……それも当然か。

そわそわする彼女を前に、俺は思い直す。

この時間軸は——俺と真琴《まこと》の関係性を変えるためにある。

彼女が悲劇的な結末を辿《たど》るかどうかは、俺が彼女とどんな仲になるかにかかっている。

だから、ここからがこのループの『正念場』だ。

俺たち四人のやり直しは、ここからが本題なんだ——。

覚悟を決め、俺は息を吸い込むと、

「俺、未来から来たんだ」

はっきりした声で、目の前の真琴《まこと》に言う。

「俺、三年後の未来から。真琴《まこと》が、俺の後輩になった未来から来たんだ」

真琴《まこと》は、その言葉に目を見開く。

しばらくぽかんと口を開け、一ミリだって意味を理解できない様子で――、

「……は？　何を、言ってるんですか？」

呆然《ぼうぜん》と、俺に尋ねる。

「未来からって……一体、どういう……」

今回も――このタイミングで、真琴《まこと》に明かすことにしていた。

俺が、時間移動をしていることを。

未来で、俺と真琴《まこと》が先輩後輩の関係であることを――。

……正直に言えば、事情はもっと入り組んでいる。

正確には、三年後の未来から来たわけじゃない。

三年間過ごしたあと時間移動をし、一年経《た》った状態からここに戻ってきた形だ。

さらに言えば、その未来で真琴《まこと》は俺の後輩にはならなかったわけで、そこも事実とちょっと異なる。

けれど、今回はその辺りは省略だ。

まずは……真琴《まこと》に大枠を理解してもらうこと、

俺が時間移動をしていることを、信じてもらうのが最優先とする。

「……いやいやいや。えっと……なんか、宗教とかの勧誘ですか？」

前の時間軸と、全く同じリアクションをする真琴《まこと》。

「だったらすいません、ちょっと忙しいんで。失礼します……」

「──『VTuber、悪田魔子斗《あくたまこと》のまこちゃんねる』……」

そんな彼女に──前回でもおなじみ。

真琴《まこと》一人しか知らないはずの秘密を突きつけた──。

「人間界にやってきた悪魔系VTuber。雑談配信がメインで……リスナーの呼び名は小悪魔たち……」

──真琴《まこと》の表情がさっと変わる。

耳が真っ赤になり目を見開いている。

「な、ななな……なんで知ってるんですか⁉」

けれど、俺はさらに言葉を続け、

「配信では恋愛相談に乗りたがるけれど、エロ系の話題が出るとあからさまに動揺。変にそっち系の単語に詳しいこともバレ、悪魔のくせにむっつりだとリスナーにも──」

「──ス、スススストップ！」

塞いできた。

混乱した様子の真琴《まこと》が、慌てて俺の口を塞いできた。

「やめて！　わかったから、信じますからもうやめてください！」

よし……これで話を聞いてくれるだろう。

俺の突飛な話を、説得力を持って聞いてくれるはず。

一度咳払《せきばら》いすると、俺は彼女に説明を始めた。

前回とほぼ同じ、時間移動に関する説明を――。


「――なる、ほど……」

一通りの説明を終え。

ベッドに腰掛けた真琴《まこと》は、頭フル回転の表情でそうつぶやいた。

「仲間を助けるために。過去を、やり直して……」

今回の説明で、一点だけ前回と異なる話をした部分があった。

それは――時間移動を始めた理由だ。

かつて『二斗《にと》を助けるため』と素直に打ちあけたそれを、今回は『同好会の仲間を助けるため』と説明した。二斗《にと》だけでなく、六曜《ろくよう》先輩や五十嵐《いがらし》さんを助けるためにもこうしたのだと。

嘘《うそ》をつくのには罪悪感もあった。

真琴《まこと》も大切な友達だ、できれば本当のことを話したい。

それでも……二斗《にと》と自分の仲がいいのを過剰に印象づけるわけにはいかない。不必要に真琴《まこと》を苦しめてしまわないためにも、ここは事実をぼやかす判断をした。

……まあ実際、五十嵐《いがらし》さんと六曜《ろくよう》先輩も助けたしな。

嘘《うそ》も方便だし、許容範囲内だろ……。

「実は……坂本《さかもと》先輩の後輩になるっていうのは、納得感があります」

言うと、真琴《まこと》はようやく少しだけ表情を緩めた。

「わたし、受験は天沼《あまぬま》高校を受けようと思っているので。よかった、合格するんですね」

「ああ、ばっちり合格だよ」

うなずいて、俺は彼女に笑いかける。

「というか、成績的には余裕だろ？　心配することないだろ」

「正直そうですけど。でも、不安にもなりますよ。人生かかってるんで」

「まあ……それはそうだよな」

――天沼《あまぬま》高校を受けようと思っている。

そうだ、真琴《まこと》はこの段階ではまだ、普通に天沼《あまぬま》高校を受けるつもりだったんだ。

だからやっぱり、そんな彼女と接触することには迷いもあった。

放っておけば、真琴《まこと》は確実に天沼《あまぬま》高校に入ってくれるんだ。

つまり――こうして交流すること自体が。彼女と近づくこと自体が、悲劇的な結末の入り口にもなっている。

それでも、

「……」

考えている真琴《まこと》の表情に、阿智村《あちむら》でのことを思い出す。

今回も、俺は阿智村《あちむら》での小惑星探しに参加するつもりだ。

そこに――真琴《まこと》もいてほしかった。

どうしても、あの場に真琴《まこと》と二人で臨みたかった。

だとしたら、こんな風にリスクを冒してでも、俺たちの距離を縮めるしかない。

その先で、不幸な未来を回避すればそれで問題ないはず。

「未来から、かあ……」

事実をかみ砕くように、視線を落としている真琴《まこと》。

「先輩は、三年後の未来から……」

そして、彼女は顔を上げると、

「……ごめんなさい、まだ飲み込みきれてないですけど。実感もないですけど」

そう前置きして――小さく笑った。

この時間軸で、初めて笑ってくれた気がした――。

「そういうことも、あるかもって。信じてもいいかもって、思い始めました……」

＊

文化祭終了後もときおり真琴《まこと》と交流する日々が、しばらく続いた。

うちに遊びに来ることがあればちょこちょこ会話するし、ラインも交換してメッセージを送り合ったりもする。どこかだらっとした、先輩後輩の関係。

ただ実は――まだここに至っても、決めきれていないこともあった。

真琴《まこと》から向けられる、感情の問題だ。

「……ふう」

夜の自室。

勉強机に向かいながら、俺は考える。

前回、真琴《まこと》は俺に恋愛感情を抱くことになった。

その気持ちは、自分で言うのもはばかられるけれど相当に強いものだったらしい。

「どんな風に出会っても、きっと恋をした」なんて言われるほどだったし、結果としてそれが真琴《まこと》の進路選択の理由にもなった。

じゃあ……今回、どんな風に真琴《まこと》と接するのか。

恋愛感情を抱かれないよう、一線を引くのか――。
「んん……」
呻《うめ》きつつ、目の前のテキストに目をやる。
さっき本屋で買ってきた参考書。天文宇宙検定の問題集。
それでもどうしても、真琴《まこと》との関係のことに思考がいってしまう。
――無理に距離を取るのは、難しい気がしていた。
そもそも、一緒に阿智村《あちむら》で星を探せたのは、仲がよかったからだ。
一緒に何泊もして共同作業をするんだ。
さして仲良くもない相手とはそんなことはできないだろう。
彼女と一緒に小惑星を探したいなら、これまでの通り距離が縮まっている必要がある。
そして、それ以前に――、
「……なんか、自分の気持ちに嘘《うそ》つくのもな」
なんとなく――そんな風に思うようになっていた。
「ループしてわかってることがあるからって、それで行動変えすぎるのもな……」
もちろん、程度問題ではある。
一切嘘《うそ》をつかないでいれば、うまくいくものもいかなくなると思う。
そもそも、ループすること自体が一種のズルでもあるわけだし。

それでも……きっと、度を過ぎればゴールを見失う。

本当にたどり着きたかった未来は、嘘《うそ》をつけばつくほど遠ざかる、そんな気がする。

だから、

「……まあ、バランスを見ながらだな」

今のところ、そんな無難なスタンスで行こうと思う。

「様子見ながら、色々考えるか……」

そんな風に——考えていて。

どこか心に余裕のある思考をしていて。

ふいに……俺も変わったなと。こんな状況で柔軟に考えられるなんて、かつての俺だったら思いもよらなかったなと、一人で小さく笑ってしまったのだった。

*

その後——阿智村《あちむら》での『星空の村天文研究会』、参加試験の日が近づき。

俺と真琴《まこと》の、星探しの準備がスタートした。

ちなみに今回、前回と違って俺から真琴《まこと》を研究会に誘った。

既に恋愛感情があったあのときと比べて、今回は向こうの好意は薄めだ。

だから、真琴《まこと》の側から参加を希望してくれるのを待たずして、こちらから「一緒にどう？」なんて声をかけさせてもらった。

ＯＫされるか心配だったけれど、彼女は二つ返事でそれを了承。

以前のように、天沼《あまぬま》高校部室に来てもらっては一緒に勉強する毎日が始まった。

さらに天体観測を経て、彼女主導の動画作り、七森《ななもり》さんとの交流も始まる。

以前と少し違うのは、

「――へえ、真琴《まこと》ちゃん、めちゃくちゃ勉強できるんだね……」

「――二斗《にと》先輩こそ、すごく成績いいのでは？」

「――割といいけど、でも中学のときはここまでできなかったなー」

二斗《にと》と真琴《まこと》の関係だ。

以前は、ちょっと冗談めかしつつギスギスしていた二人。

謎に言い合いになることもあった二人だったけれど、今回は違う。

優しいお姉さんとして彼女に接する二斗《にと》と、彼女をちょっと尊敬している様子の真琴《まこと》。

だから二人のやりとりは穏やかで、穏やかな姉妹にも見えるような関係で、

「――とはいえ、無理しすぎないようにね。受験もあるだろうし」

「――それこそ、こっちの台詞《せりふ》ですよ。音楽活動、忙しいですよね」

「――まああれは、好きでやってることだからねー」

これなら……と。
こんな関係なら、未来も変わってくれるのでは、と期待が募った。

＊

そして——阿智村《あちむら》での研究会が始まり。
四泊五日をかけて、星探しの日々を終えた俺と真琴《まこと》は——、
「——ど、どうも、お邪魔します」
二斗《にと》のツアー、名古屋公演。その会場の、楽屋にお邪魔していた。
スタッフさんに開けてもらった、その扉の向こう。
出演者の皆さんや、様々な大人がガヤガヤしている教室ほどの空間。
その一番奥に——既に出演準備を済ませた二斗《にと》がいた。
身に纏《まと》った衣装と華やかなメイク。
彼女も俺たちの到着に気付いたらしい、こちらに目を向け破顔している。
「……お、おう！」
そちらに手を上げて見せ、足早に彼女に近づいた。
しかし……二度目の今回も、こういう場所に来るのはやっぱり緊張するな。

周囲にいるスーツの大人たちや、きらびやかなステージ衣装を着た皆さん……。

一介の高校生でしかない俺としては、こんな面々に囲まれるとどうにも硬くなってしまう。

……ていうか、何だろ。

妙に興味津々《きょうみしんしん》な視線を感じる気がする。

特に、バンドのメンバーと覚しき皆《みな》さんたちから、じろじろ見られてる気が……。

いやまあ、興味も持つか。

自分が参加する公演のシンガーの、彼氏が楽屋に来たんだ。

さらに言うと、その後ろには別の女の子まで連れているわけで、「何だ何だ」ってなるところもあるのかも……。

「お疲れ！　ありがとな、本番前にこんなとこまで招待してもらって」

二斗《にと》の前に立ち、まずはそうあいさつした。

「ううん！　いいの、わたしが、二人に会いたかったから！」

椅子から立ち、彼女も満面の笑みでこちらを見る。

「巡《めぐり》も芥川《あくたがわ》さんも、来てくれてありがとうね！」

「いえ、こちらこそ。お招きいただきありがとうございます……」

「そんな緊張しないでよー」

言うと、二斗《にと》は俺と真琴《まこと》を順番に見て、

「うれしいよ。今日は、ゆっくり見ていってね」

「ああ、本当に楽しみにしてる」

「わたしも、今からドキドキしてます」

そして──二斗《にと》は一拍間を空けて、

「……ていうか二人とも、お疲れ様」

静かに話を切り替えた。

「観測、頑張ってきたんだよね？」

「ああ、ありがと。精一杯やってきたよ」

「ですね、全力は出しました」

「……どう、だった？」

緊張に絡《から》まりそうな舌で、二斗《にと》は俺たちにそう尋ねる。

「星……見つかった？」

その言葉に──このときが来たなと思う。

今回も、二斗《にと》に結果を報告するときが来た。

前回は、ふがいない事実を伝えてしまった。

一つたりとも新しい小惑星を、候補の天体を見つけることができなかった。

けれどだからこそ、二斗《にと》と俺が隣にいると証明できたんだ。

間違いなくそれが、俺と二斗《にと》にとってのターニングポイントになった。

そして、今回は。今回、俺と真琴《まこと》は――。

「それがさ……」

言いながら、俺は鞄《かばん》に手を入れる。

肩にかけているバッグ。その中のクリアファイルを取り出し、数枚の紙を手に取る。

そこにプリントアウトされているのは――無数の点だ。

白い紙面に印刷された、ランダムな配置の黒い点。

周囲には、日付情報や方角の情報が素っ気なく記されている。

そしてその中、とある点が、赤いペンで丸く囲まれていて、

「これが……初日の夜に見つけた、候補天体」

それを指差しながら、俺は二斗《にと》に言う。

「……え」

「それからこれとこれが」

続いて、俺は二枚の紙を続けて彼女に見せ、

「最終日に見つけた、候補天体二つ」

「……う、嘘《うそ》」

——三つ。

候補天体を、三つ発見。

それが——今回の『星空の村天文研究会』の成果だった。

正直、ここまでうまくいくとは誰も思っていなかったらしい。

スタッフである長篠《ながしの》さん、柏野《かしの》さん、軒下《のきした》さんも大興奮だった。

「——まさか、初回開催でこんなに……！」

「——これだけあれば、仮符号《かりふごう》をもらえる可能性は高いかなと！」

「——ありえますよ、新天体の認定！」

もちろん真琴《まこと》も、大満足の表情だった。

「——やりましたね」

最後の観測終了後。

酷《ひど》く疲れ果てた、眠そうな顔でそう言ってくれた。

「——わたしと先輩で、結果を出せましたね……」

そして——今。

俺たちの結果を知らされた二斗《にと》は。

一度目とは違う結末を知った彼女は、

「……す、すごい……」

涙をボロボロ零《こぼ》しながら、感極まった様子で声を震わせていた。

「巡《めぐり》も、真琴《まこと》ちゃんも、すごい……」

「まあでも、まだ仮符号《かりふごう》ももらえてないからな」

なんだかそれに笑い出してしまいながら、一応俺は慎重に言う。

「全部既知の天体だったってなる可能性はあるし。それまでは、喜びすぎるのもちょっと怖いんだよな」

「だとしても、だよ……」

言って、二斗《にと》は俺と真琴《まこと》を見ると、

「ずっと頑張ってたもんね。ずっと、本気で……」

愛おしげに目を細める。

そして、

「おめでとう……」

大きく揺れる声で、俺たちに言ってくれたのだった。

「——二人とも、本当におめでとう！」

＊

二斗《にと》のライブが終わり、東京へ戻ってきた。

自宅最寄り、荻窪駅《おぎくぼえき》から真琴《まこと》の家へ向かいながら、

「いい経験に、なりましたね」

「ああ、そうだな」

「結果も出せて、二斗《にと》先輩のライブもすごくよくて」

「本当に、最高の五日間になったよ」

俺たちは、そんな風に会話を交わしていた。

薄暗い夜の住宅街。前回とは違う、幸福な高揚感。

すべてが嚙《か》み合《あ》った、うまくいったという明白な実感があった。

だから――空を見上げて。

阿智村《あちむら》よりもずっと少ない星を数えながら、俺ははっきり思っていた。

――これなら、大丈夫だ。

真琴《まこと》は、天沼《あまぬま》高校に入ってくれる。

不幸な未来を、回避することができる――。

一度目と違って、今回俺は真琴《まこと》に告白されていない。

恋愛感情を抱かれているにしても、それはとても安定したものだろう。

二斗《にと》と特別仲良くしているわけでもないし、真琴《まこと》を苦しめてもいないはず。

つまり、俺たちを避ける理由が、ないはずなんだ――。

それに、それ以上に……、

「一生、忘れないだろうなあ……」

「だな」

「青春の、大事な思い出ですね……」

「ほんと、一番の思い出になるかもな」

交わし合う、そんな言葉たち。

そして――その奥に、俺ははっきりとある感覚を見いだす。


――友情。

そう。今回俺たちは、大切な友達同士になれた。

星探しというイベントを通じて。
一つの大きな成果を手に入れることで、特別な友情を結べたと思う。
真琴《まこと》に抱く揺るぎない好意、信頼。
それは恋愛感情とは種類が違うのだけど、とても落ちついた気持ちで。
これからも、俺たちの間には沢山の出来事があるんだろうと、ごく自然に思えて。
……ああ、これが答えだったんだと。
俺と真琴《まこと》の、あるべき関係だったんだろうと思う。
このループで目指すべき未来。それこそが、きっとこの関係性だった。
友達でいられる距離感だった——。
「——ここです」
「……ああ」
考えている俺に、真琴《まこと》が言う。
そちらに顔を向けると——一戸建てがあった。
比較的築年数の浅そうな、ごく普通の一戸建て。
玄関の門、そこに据え付けられた表札には『江川《えがわ》』と書かれている。
——真琴《まこと》の自宅。
これまで何度か訪れた、彼女の『問題』のその中心。

でも、きっと大丈夫。

もう真琴《まこと》の世界は、この外に開かれている。

真琴《まこと》を受け入れる場所が、人が、いくつも何人も存在している。

だから、自由にそれを、楽しんでほしいと思った。

その隣で、俺はそんな真琴《まこと》を眺めていられればいいなと思う。

「先輩」

自宅玄関を背に、真琴《まこと》がこちらを向く。

そして——彼女は親しみを込めた笑みを俺に向け。

これまでで、一番柔らかい表情で口を開き、

「今まで——ありがとうございました」


「いやいや、何を急に改まって」

そのもの言いに、わずかに引っかかるものを感じながら。

それでも俺は、どこかのんきに笑い返した。

「お礼はもう、十分お互い言い合っただろ。阿智村《あちむら》からここまで、言い過ぎってくらいに」

本当にもう、何度『ありがとう』と言い合ったかわからないくらいだ。

思い返すだけで、数年分くらいお礼を言った気がする。

これ以上それを繰り返すのは、さすがに照れくさい。

「それに……今までって」

黙っている真琴《まこと》に、俺は続ける。

「今後も仲良くするだろ俺らは。じゃあまた、くらいでいいだろ」

俺たちの友情は続く。

高校に入ってからも、きっと大人になってからも。

区切りをつけるのは悪くないけど、むしろ俺はそろそろ未来に目を向けたい。

「……だから、強いて言うなら」

少し考え、俺は改めて真琴《まこと》を見ると、

「これからも、よろしくな」

声にこれまでの気持ちを込め、彼女に言った。

「高校に入ってからは、先輩後輩としてよろしく！」

これからも、この延長線上の未来を歩きたいと思う。

長いやり直しの先にたどり着いた、この先を見たいと思う。

——なのに。

「……ごめんなさい」

真琴《まこと》はそう言って——俺に深く、頭を下げて見せた。

そして——、

「これで——お別れにしようと思います」

「先輩と会うの、これで最後にしようと思います」

「……は？」

そんな声を上げられたのは、ずいぶんと間を空けてからだった。

言葉が、頭の表面を滑っていく。

「おわか……どうして……？」

彼女が言っていることはわかるのに、どうしても理解ができない。

「本当にごめんなさい」

どこか振り切るような表情で。

泣きそうな顔で笑って、真琴《まこと》はそう言った。

「すごくよくしてもらったし、大切な思い出もできました。けど……ごめんなさい。これ以上、そばにいるのは避けたいって思うんです」

「……理由は？」

「先輩……」

かすれた声で尋ねる俺に、真琴《まこと》は首をかしげると、

「……二斗《にと》先輩と、付き合ってますよね？」

小さな声で、そう尋ねてきた。

「一度も話してくれなかったですけど、彼氏彼女として付き合ってるでしょう？」

「……そう、だけど」

動揺のあまり、素直に認めてしまった。

真琴《まこと》には、それとなく伝えずにいたこと。

なんとなく、知らないでいてほしかったこと。

けれど、

「どうして、わかったんだよ？」

一度唾を飲み込み、俺は尋ねた。

「周りにも、気付かれないようにしてたんだけど……」

「見てればわかりますよ。ちゃんと先輩を見てれば、嫌でもわかります」

そう言って、真琴《まこと》は苦しげな顔で笑った。

「二人が強い絆《きずな》で結ばれてるのだって、もうずいぶん長い関係なのだって。わたしのクラスにも、カップルはいるんです。でも……坂本《さかもと》先輩と二斗《にと》先輩の関係は、そういうのじゃない」

彼女の目が——まっすぐこちらを向き。

「二人の間にあるのは……もっと深い信頼ですよね。色んなことを二人で経験してきた、落ちついた繋《つな》がり。だから……もうこれっきりにします」

「……どうして、そうなるんだ？」

混乱のあまり、そんなことを聞いてしまった。

「なんでそれが、距離を取る理由になるんだよ……」

答えのわかりきった問い。

真琴《まこと》を傷つけるだけの、愚かな質問。

それでも、すがりついてしまう。その理由を、確認せずにはいられない。

「多分……」

言って、真琴《まこと》は視線を足下に落とすと、

「このままじゃ——わたしは先輩を好きになる」

罪の告白でもするような口調で、そう言った。

「ううん、もしかしたらこれも言い訳かも。もう、好きなのかもしれません。こんなに……苦しいから」

自嘲するように、真琴《まこと》は笑って見せると。

「先輩と二斗《にと》先輩のことを考えると、息が詰まりそうになるから……」

「……じゃあ」

恐る恐る、俺は真琴《まこと》に尋ねる。

「天文同好会、入らないつもりなのかよ？」

「ええ」

「じゃ、じゃあ！　学校は……？」

縋《すが》るような気持ちで、俺は真琴《まこと》を覗《のぞ》き込《こ》むと、

「天沼《あまぬま》高校に入るんだよな……？」

「……ごめんなさい」

なぜかそう言って、悪いことをしたような表情で真琴《まこと》は謝った。

「それも、ごめんなさい……」

「他の学校に、行くのかよ……？」

「……」

真琴《まこと》は、言葉を返さない。

俺の大切な友達は、その先を口にしてくれなかった。

阿智村《あちむら》よりも、ずっと少ない星の下で。
俺と真琴《まこと》の運命は、そうやって枝分かれしてしまった――。

＊

――視界を覆い尽くす、桃色の光。
俺の身体《からだ》の周囲を回る、桜の花びらのような光粒。
それが徐々に速度を落とし、目の前に景色が戻ってきて――。
「……ああ」
周囲の状況に、俺は理解する。
真琴《まこと》との一件を経て、戻ってきた三年後の未来。
全員で時間をループした、その先。俺たちの卒業後の景色。
俺がいるのは、いつもの部室だ。
部員が増え同好会から部活動に昇格した、天文部の小さな部屋。
豊かな機材や、活動の形跡に満ちたそこに、
「……お帰り」
二斗《にと》がいる。ピアノに腰掛けた、俺の横。

入学時よりも少し大人な雰囲気になった彼女が、気遣わしげに俺を見ている。

そして、

「……ひとまず、お疲れ」

「お疲れ様……」

そんな彼女の後ろに控えている、六曜《ろくよう》先輩、五十嵐《いがらし》さん。

そこに──真琴《まこと》はいない。

見慣れた天文同好会のメンバーの中に、求めていた彼女の姿はない。

ということは、

「ダメだったのか」

つぶやくように俺は言った。

「このループでも、ダメだったんだ」

その問いに、誰もうまく答えられないらしくて。

俺の声は、その狭い部室に溶けて消えていった──。

第五話 chapter5

【クロスロード】

「――現状では、そんな未来だった」

この時間軸での、真琴《まこと》の結末を確認したすぐあと。

過去の世界に戻ると、俺は早速その場の部員たちに見てきたものを報告した。

真琴《まこと》は今回も、家族とともに失踪。

その後、湖の中から彼らの車が見つかったこと。

つまり――結局は前回と同じ、バッドエンドを迎えてしまったことを。

「クソ……またか!」

六曜《ろくよう》先輩が、苦い顔で拳を机に当てる。

「また、真琴《まこと》は……」

「頑張ったんだけどなあ……」

五十嵐《いがらし》さんも、彼の隣で深く息を漏らした。

「結構一回目とは、違う感じにできたと思うんだけど……」

「……そっか。失敗、したんだ……」

そして二斗《にと》も、暗い顔で唇をきゅっと噛《か》みしめていた。

その表情は酷《ひど》く辛《つら》そうで、自分を責めているようにも見えて。

きっと、責任を感じているんだろう。

真琴《まこと》が辿《たど》った結末に、二斗《にと》は自分の責任を感じている。

「ねえ巡《めぐり》……どうしよう？」

焦《あせ》りも露《あら》わな顔で、二斗《にと》は尋ねてくる。

「ここからわたしたち、どうすれば……」

「もう一回、この一年をやり直すか？　今度はもっと、俺らが仲良くなって……」

「むしろ、このままこの時間軸で頑張るのもありなんじゃない……？」

六曜《ろくよう》先輩と五十嵐《いがらし》さんも、口々に続いた。

正直、これで問題は解決すると思っていたんだろう。

彼らの声や表情には、焦《あせ》りや戸惑いだけじゃなく疲れも滲《にじ》んでいた。

そして俺は。そんな彼らを前にして、俺は——、

「……俺、わかったかも」


「……は？」

「わかった？」

「どういうこと……？」

「俺たちがどうすべきか……やっとわかったかも」

——ふいに、すとんと理解していた。

本当は、俺たちが目指すべきだったもの。すべてが解決する未来。

それが今、はっきりと飲み込めた感触。

理屈はわからない。原因もわからない。ただ、間違いないという確信がある。

唯一俺たちに残された道が、目の前に敷かれている。

「……」

「……」

「……」

目を丸くしている二斗《にと》たち。

そりゃまあ驚かれるよな。俺がいきなり、こんなこと言い出したら。

「……どうして、そんな急に」

案の定、探るように二斗《にと》が尋ねてきた。

「なんで、そんな……」

「あー、はっきり何かあったわけじゃないけど」

自然と表情を崩しながら、俺は三人に言う。

「そうだな。みんなの顔を見たからかも。ここまで一緒にループして、成長したみんなを見たから、ピンと来たのかもしれない」

ここまで散々迷って、沢山の人を巻き込んで。失敗も重ねたし情けない思いもした。

結末を知った未来ではショックも受けていたし、落ち込んでもいた。

それでも、すべてのループの先に、俺たちはここにたどり着いた——。

だからやっと、気付けたんだろう。

最後に残った道に。もうそれを、選べるということ。

ただ——、

「じゃあ……どうすればいいの？」

恐る恐る二斗《にと》は尋ねる。

「わたしたち、どうすれば真琴《まこと》ちゃんを助けられるの？」

そう——問題はそこだ。

具体的に、どうすればいいのか。

その問いに、俺は一度口をつぐんでから、

「ごめん、それを話す前に、ちょっと時間が欲しい」

そう言って、みんなに手を合わせて見せる。

「なんつーか、飲み込むのに時間が要りそうなんだ。自分で納得する時間っていうか」

そういう余裕が、どうしても必要そうだった。

たどり着いた答えは、シンプルで率直なものだ。

だからこそ、ちゃんと自分の言葉として伝えたい。願いとして、三人に話したい。

それには……時間がどうしても必要だ。

「だから、みんなで休憩しないか？」

「……休憩？」

「そう、ループのことはできるだけ忘れて、のんびり過ごすんだよ。一週間くらい」

ループしてからここまでの一年間、俺たちはどこか緊張感を持って暮らしてきた。

真琴《まこと》との関係がもそうだし、それぞれの人生の懸かった日々でもあったわけで。

当然、彼女らも疲れているだろう。

だからここで、休憩する。

張り詰めた気持ちと身体《からだ》を緩めて、一度自由になる。

そんな時間が、必要な気がした。

「……あー、なるほどね」

「それもありだね……」

口々につぶやく、五十嵐《いがらし》さんと二斗《にと》。

「……おけ、じゃあ休むかー！」

そして六曜《ろくよう》先輩が、明るい声で結論づける。

「確かに俺、疲れたわ！　ここで休憩できるのは、正直ありがてえ！」

「最近、温かい日も増えてきましたしねえ」

「わたしも何日か、ゆっくり休んだりぼーっとしたりしたいかも……」

「じゃあ、決まりな！」

腰掛けていたピアノ椅子から立ち、俺は言う。

「明日から一週間、じっくり休もう！　各自好きなことして過ごそう！」

好きなことをして過ごす日々。

思えば、一度目の高校生活では、そんな風に毎日を過ごしてばっかりだった。

それ以来、体感では二年ぶりに、特に目的のない時間を過ごすことになる。

それはそれで……なんかしっくり来るんだよな。

頑張ることにも慣れたけど、こっちも俺の本来のあり方だ。

だから、そういう日々を過ごしたいと、そんな風に思うのも自然なことだったと思う。


「ちなみに」

と、六曜《ろくよう》先輩が小さく手を上げた。

「天文同好会メンバーと、遊びに行ったりするのはありか？」

「それはありで！　何をしても自由なんで、遠慮せず楽しんでください！」

「おけ、了解！」

「わー、何しようかなあ」

「夢の国とか、行きたいなあ……」

こうして——俺たち天文同好会一同は、一週間の休みに入ることになった。

少し早い春休み。

授業はこれまで通りにあるけれど、なんだか解放された気分で。

窓から校庭を眺めながら俺は、自然とわくわくし始めている自分に気付く。

＊

そして——数日後。

都内某所、某ラーメン店にて。

「——全マシで」

「——こっちは、全部少なめで……」

強気な口調でコールする六曜《ろくよう》先輩に、俺は小さめの声でそう続いた。

カウンターの向こうでは、屈強そうな店員さんたちがキビキビと働いている。

既にスープと麺が入った大きなラーメンどんぶりに、オーダー通りに野菜やニンニクが盛られていく。

「おいおい巡《めぐり》、ずいぶん弱気じゃねーか」

ちらりとこちらを見ると、六曜《ろくよう》先輩は挑むように笑った。

「せっかくのロットバトルだってのに、最初から逃げ腰か？」

「いやいや、そもそも完食できるかも怪しいんで……」

周囲の雰囲気に完全に気圧《けお》されつつ、祈るような気分で俺は水を一口飲んだ。

「トッピング減らすのくらいは、認めてくださいよ……」

「まあそうだな。二郎《じろう》系初心者なら、これくらいが妥当なハンデだな」

話しているうちに──ラーメンが完成する。

ドドンと二つのどんぶりが、俺たちの前のカウンターに置かれる。

「はい、全マシと、こっちは全部少なめね」

「あざます！」

「お、おおお……」

両手でそれを手元のテーブルに移しつつ、その威容に思わず声が出てしまった。

キャベツやもやし、豚肉が積まれた六曜《ろくよう》先輩の『全マシ』。

その量は文字通り山のようで、器の上に富士山《ふじさん》型のシルエットを描いている。こんなん、一日かけても食べられる気がしないんだけど……。

それに比べれば、確かに俺の『全部少なめ』は控えめな見た目だ。

キャベツももやしもニンニクも、少なくはないけれど山にはなっていない。

これなら、食べられるかも……と一瞬思うけれど。

気付く、気付いてしまう。

「……麺ヤバ」

微乳化し、油が層になったスープの向こう。

そこに、異常な存在感の麺がある。

うどんのような太さのそれは、明らかに量が多くて。

どう考えても、普通のラーメンの数倍はボリュームがあるように見えて——、

「じゃあ、いただきます」

小さくそう言い、六曜《ろくよう》先輩が山のような野菜に箸を伸ばす。

どうやら、静かに『ロットバトル』というものが始まったらしい。

俺も慌てて卓上の箸とレンゲを手に取り、「いただきます！」とその一杯に向かい合い始めた——。


『——ラーメンいかね？』

そんなメッセージが六曜《ろくよう》先輩から来たのは、休みの初日のことだった。

それぞれのんびりしようって話なのに、いきなりこんな連絡をよこすなんて。

この人も意外と寂しがりなんだな……。

そんな風にほほえましく思いつつ、

『いいすよ！』『どこの店です？』

なんて返すと、六曜《ろくよう》先輩はほとんど間も開けず、こんなことを言い出した。

『二郎《じろう》系ラーメンの店に行きてぇ』

『巡《めぐり》とロットバトルしてぇんだ』

二郎《じろう》系ラーメン。

ラーメン二郎《じろう》の影響を受けた店のことだろう。言わずと知れた、超大盛りラーメンだ。

そして、ロットバトル。

一部の大盛りラーメン愛好家がするという、早い話が早食い競争である。

『考えてみれば、巡《めぐり》とはっきり勝負したことねえだろ？』

『二斗《にと》とは文化祭で動員対決、萌寧《もね》とは料理対決やってるけど』

『だからここで一発、勝負しようぜ！』

……どこまで勝負好きなんだ、この人は。

そんな風に苦笑いしつつ、俺はその話を了承。

数日後の夕方、こうして某二郎《じろう》系インスパイア店にやってきたのだった。

そして――圧倒されていた。

「……」

「……」

「……」

黙々とどでかいラーメンをすする、周囲のお客さんたち。

俺自身が挑んでいる、到底一食分には思えないラーメン。

隣でとんでもない速度で野菜を平らげていく、六曜《ろくよう》先輩。

そんなすべての状況に、俺は完全に圧倒されていた。

いや、美味《おい》しいんだ。ラーメン自体はめちゃくちゃ美味《おい》しい。二郎《じろう》系は初体験だったけど、これは人気になるのもうなずける。

けど何だ、この重圧。俺、最後まで完食できるのかな……。

「……にしても、意外です」

ちょっと気持ちを落ちつかせたくて、店のルールを確認してから俺は話し出す。

本家の二郎《じろう》では私語は厳禁らしいけど、この店はそこまで取り締まりはしないらしい。

ちょっとくらい話すのはOKと、壁の注意書きに書いてあった。

「六曜《ろくよう》先輩、二郎《じろう》系食べるイメージなかったかも」

これまで、六曜《ろくよう》先輩と外食したことは何度もある。

ファミレスや喫茶店、ラーメン屋に行ったこともあったはず。

けれど、二郎《じろう》系に来たことはなかったし、一人で行った、みたいな話を聞いたこともなかった気がする……。

「ああ、吾妻《あづま》が好きでさ」

麺を丼の表面に引っ張り出しつつ、六曜《ろくよう》先輩はあっさりそう言う。

「あいつに付き合って行くうちに、俺もハマっちゃって」

「意外っすね。あの人がそんなに食べるのも、六曜《ろくよう》先輩が人の影響を受けるのも」

吾妻《あづま》先輩。文化祭を経て、六曜《ろくよう》先輩と付き合い出した彼女さん。

ただ、その身体《からだ》は小柄だったし腕も足も細い印象だったから、あの人が二郎《じろう》系を好きっていうのも大分意外だ。

それに……六曜《ろくよう》先輩。

ブレない、揺るがない、変わらない。

それが、先輩のかっこいいところだと思っていた。憧れてもいた。

だから、そうやってあっさり恋人に影響されるのは、なんだか予想外で面白い。

「いや、俺が影響受けるのは、意外でも何でもないだろ」

麺を勢いよくすすりながら、けれど六曜《ろくよう》先輩は言う。

「だって……ここまで巡《めぐり》の影響受けたんだから。こんなに、未来が変わったんだからよ」

——俺の影響。

その言葉に、一瞬箸が止まりかける。

俺が、影響を与えたんだろうか。六曜《ろくよう》先輩を、変えたんだろうか。

「最初の高校三年」

言いながら、六曜《ろくよう》先輩はレンゲでスープをすくう。

「俺、ひでえことになってたんだろ？　二斗《にと》に負けて、ボロボロで」

「……ですね」

言われて思い出す。

完全に、希望を見失った六曜《ろくよう》先輩の姿。

覇気もなくオーラもなく、弱々しくなったその表情。

「それを変えたのは、巡《めぐり》じゃねえか」

スープを飲み、彼ははっきりこう言った。

「だから……ありがとな。これまでの全部、ありがとう。巡《めぐり》がいなければ、俺、自分がこんな風にできるってことさえ知らないままだったんだよな」

——こんな風にできることさえ、知らないまま。

その言葉が——なぜだろう、なんだか妙に胸に浸透した。

「お前がいてくれたことが、この三年間の一番の宝物かもしれねえ」

言って、六曜《ろくよう》先輩はからっと笑った。

気付けばそのどんぶりは、麺も野菜もほとんど食べ終え空に近くなっている。

「あー、そのときの俺にも、教えてやりてぇよ。失敗して落ち込んで、自暴自棄になってる俺に。本当は、こんなこともできるんだぜって。二斗《にと》とも対等に渡り合えるし、死ぬほどかわい い彼女もできるし……」

そして――彼は丼に残った麵、野菜の残りを食べきると。

「こんな、最高の仲間までできるってことをな！」

どこか、勝ち誇るような声でそう言ったのだった。


――ロットバトルは、六曜《ろくよう》先輩の勝ちに終わった。

彼に遅れること五分ほど、なんとか麵も野菜も胃の中に流し込み完食。

先輩を追いかけるようにして店を出ると、

「おーお疲れ、完食おめでとう」

胃が限界の俺を見て、六曜《ろくよう》先輩は楽しげに笑った。

「二斗《にと》にも萌寧《もね》にも負けたけど、ようやく一勝上げることができたわ」

そして俺は――はちきれそうなお腹《なか》をさすりながら。

これが二郎《じろう》系の洗礼か、なんて納得しながら、存外悪くない気分で返したのだった。

「……参りました！」

＊

「――ふむ、ここが秋葉原《あきはばら》」

「――おう。つーか、俺もまあまあ久しぶりだなー」

数日後の放課後、秋葉原《あきはばら》駅電気街南口。

俺と五十嵐《いがらし》さんは改札を出ると、ソフマップやラジオ会館を横目に歩き出す。

荻窪《おぎくぼ》とは違う、カラフルで賑《にぎ》やかな雰囲気。

そこかしこに、見覚えのあるアニメキャラやソシャゲキャラの広告が出されている。

「へー、久しぶりなんだ。週一とかで来てる感じでもないんだね」

「まあなー。最近は通販で割となんとかなるし」

「確かに」

「それでも、年に何回かは遊びに来るけど」

そんなことを言いながら、俺と五十嵐《いがらし》さんは『ある店』に向かって歩いていく。

平日夕方の秋葉原《あきはばら》は、仕事帰りっぽい大人や海外から来たらしい観光客で賑《にぎ》わっていた。

今回のお出かけのきっかけは、千代田《ちよだ》先生からもらったありがたいお話だった。

『臨時で部費が増えるって！』

『坂本《さかもと》くんが、小惑星を見つけたから！』

『だからほら、赤道儀《せきどうぎ》欲しがってたでしょう？　あれくらいなら、買えると思うの』

予想外の展開だった。

まさかの臨時部費支給。しかも、天体望遠鏡につける赤道儀《せきどうぎ》を買えるほどの。

以前から自動導入つきの赤道儀《せきどうぎ》を欲しがっていた五十嵐《いがらし》さんは、その話に大喜び。早速詳しいことを聞いてこようと、天体観測機材を扱うお店にお邪魔することになったのだった。

ちなみに本日伺うのは、千代田《ちよだ》区神田須田町《かんだすだちょう》にある専門店だ。

店頭には天体望遠鏡を始め沢山の機材があるらしくて、俺も気になっていた店だった。

あー、楽しみだな……。

実際に買う予定がなくても、機材に囲まれるのはわくわくしてしまう。

知り合いの天文ファン高校生、七森《ななもり》さんにも、おすすめの赤道儀《せきどうぎ》をいくつか聞いている。

お店にあったら是非見せてもらおうと思う。

「そう言えばさ」

マップ頼りに店に向かいつつ。

何気ない様子で、五十嵐《いがらし》さんが尋ねてきた。

「飲み込みたいって言ってたでしょ？　例の答え」

「ああ、そうだね」

うなずきつつ、俺は通りの向こうを指差し、

「ん、そっちの曲がり角の向こうっぽい」

「おけ。で、どう？」

彼女はスマホをポケットにしまい、指差した方へ歩き出しつつ、

「そろそろ、いけた？」

「んー、それなー」

横断歩道を渡りながら、俺は目的地の店に目をやる。

ビルの一角にある、ショールームみたいな店舗だ。

ガラスの向こうに機材もちらほら見える気がする。

商売っ気はあまり感じられないけど、その素っ気なさが専門店っぽくて。

初めてそういう店を訪れることに、俺はちょっとずつドキドキし始める。

「もうちょいって感じかも」

信号が点滅し始めて、小走りになりながら俺は答える。

「六曜《ろくよう》先輩と話してて、ちょっと背中押してもらえた感じがあってさ」

「そっか」

歩道を渡りきり、店に着いた。

ガラスの向こうに覗《のぞ》いている、無数の天体望遠鏡たち……。

もう、いても立ってもいられなかった。

「ここ？」

「だね、早速入ろう！」

うなずき合って、俺たちは店内に入る。

そして、

「おおおおー！」

「これは……すごい！」

そこに広がっていた光景に、二人して歓声を上げてしまった。

広さで言えば、ちょっとした個人経営の喫茶店くらい。

素っ気ない店内に、天体望遠鏡が何台もずらりと並んでいる。

ガラスケースにはアイピース、鏡筒《きょうとう》。

棚には箱に入った各種機材が、学校の教材みたいに収められていた。

「ど、どうしよ……何から見よう！」

「落ちついて、坂本《さかもと》！」

いても立ってもいられない俺を、五十嵐《いがらし》さんが背中を叩《たた》いてなだめてくれる。

「まずは……一通り、店内にあるものをざっと見せてもらおう。で、そのあと店員さんに相談して……」

「だ、だな！」

うなずき合って、まずは手近な望遠鏡から眺め始める。

買う予定はないんだけど、学校にあるのとは価格帯もメーカーも違う望遠鏡が並んでいて、見ているだけで楽しい。

「へーこれ、六万円……」

「いや違う！　六十万だよ！　十倍！」

「うおああー!!」

「ていうかこれ、部室のと同じメーカーだね。何が違うの？　なんでそんな値段が変わるの……？」

「それは、色々あるよ。でも詳しくは、店員さんに聞いてみるか」

「だね。ていうかさー」

そんな風に言い合う中で。

五十嵐《いがらし》さんはふいに、望遠鏡に目をやったままで、

「坂本《さかもと》の選択なら、肯定するからね」

「ああ、赤道儀《せきどうぎ》？　でも、五十嵐《いがらし》さんが前から欲しがってたわけだし」

「や、そうじゃなくて」

彼女はそう言い、隣の望遠鏡の前に移動しながら、

「これからの話」

「ああ」

　これからの話。

　それはつまり、さっきとだえた話題。

　俺が見つけた答えの話だろう。

「あのさー、超楽しかったの」

　値札を見てぎょっとしたり、鏡筒《きょうとう》をしげしげと眺めたりしながら五十嵐《いがらし》さんは続ける。

「この一年とその前の一年、超楽しかった。千華《ちか》といっぱい一緒にいれたし、大事な友達もできたし。普通じゃ経験できないことも、山ほどあって」

「そう言ってもらえるなら、よかったよ」

「で……それもこれも皆、坂本《さかもと》が頑張ってくれたからじゃない？」

　言うと、ようやく五十嵐《いがらし》さんは俺を見て、

「こんな未来を見れたのは、坂本《さかもと》のおかげじゃない？」

「そう……なのかな」

　結果として、それはそうなのかもしれないと思う。

　感謝されるようなことでもありがたがられることでもない。

　けれど、きっかけは確かに俺だったかもしれない。

「だから……このあと、坂本《さかもと》がどんな選択をするとしても」

五十嵐《いがらし》さんの目に、強い意志の光が宿る。

「何をやりたいって言い出しても、わたしは賛成する」

そして——彼女は笑う。

「君と、君が選ぶ未来を信じる」

どこか子供みたいにあどけなく、けれど大人の決意をそこに滲《にじ》ませ。

五十嵐《いがらし》さんは、花を咲かせるようにほほえむ。

「たとえそれが……ちょっと寂しい選択だったりしてもね」

「……そっか、ありがとう」

素直に、幸せに思った。

五十嵐《いがらし》さんがそこまでの信頼を寄せてくれること、肯定してくれること。

そのことがうれしいし……『それが、寂しい選択でも』。

……もしかしたら、五十嵐《いがらし》さんは。

俺の近くにずっといてくれた彼女は、何かを察知しているのかもしれない。

俺が見つけた答えのヒントを。あるいは、答えそのものを。

「あ、店員さん来たよ！」

ふいに、五十嵐《いがらし》さんが小さくレジの方を指差した。

見れば、彼女の言う通り、さっきまで無人だったそこに店員らしき男性が立っている。

「早速だけど、相談行こうか？」

「おお、そうするか！」

うなずき合い、店の奥に向けて歩き出す。

そんな俺に——五十嵐《いがらし》さんは。小さな声で、もう一度こう言ってくれたのだった。

「わたしは——坂本《さかもと》の味方だからね」

＊

「——ねえ、わたし……間違ってたのかな」

二斗《にと》が——目を細めてそう言った。

「ループするなんて……過去を変えるなんて、間違ってたのかな……」

その顔に、水面を反射した光が揺らめいていた。

そろそろ日も沈む頃で、辺りは穏やかなライトの色合いに満ちていて。

二斗《にと》の表情の深刻さに、彼女が本気で悔やんでいることを理解する。

そうか……二斗《にと》はそんなことを思って。

こんな場所でまで、そんな話を……。

——けれど、俺は。

そんな彼女の横で、俺は——、

「……ぷっ、ふふ……。……ふ、ふふふ……」

「……あはははははははは！」

——笑ってしまった。

大声を上げて、笑ってしまった。

こらえようとしたけれど、無理だった。

「え、ちょ、ひどーい‼」

そんな俺に、二斗《にと》は血相を変えて声を上げる。

「わたし！　真剣に悩んでるのに！　本気で色々考えてるのに！」

「ご、ごめんごめん！」

二斗《にと》の言う通りだ。

真剣に悩む彼女を前に、爆笑するなんて酷すぎた。

しかも、口にしているのは『ループ』に関することで、茶化すような場面でもない。

「でも……」

　と、俺はぷるぷる震えつつ、

「二斗《にと》……サングラスとネズ耳フル装備で……チュロスとジュース手にそんなこと言われたら……」

　そこまで言って、もう一度派手に噴き出すと、

「笑っちゃうって！　あははははは！」

「……ふふふ」

　そのテンションに、さすがの二斗《にと》も引っ張られたのか。

　釣られてそんな笑い声を漏らした。

「確かに……それはそうかもね。こんなパリピみたいな格好で、しかも……」

　言うと、彼女は周囲を見回す。

　ヨーロッパを模した街並みと、至るところに見えるアトラクション。

　そして、それらを楽しむ沢山の人たち……。

「わたしたち――こんな場所にいるんだしね」

　――夢の国。

　都内から電車で一時間ちょっと、千葉にある某夢の国に、俺たちは来ていた。

　きっかけは、お休みをしようと提案した部室でのこと。

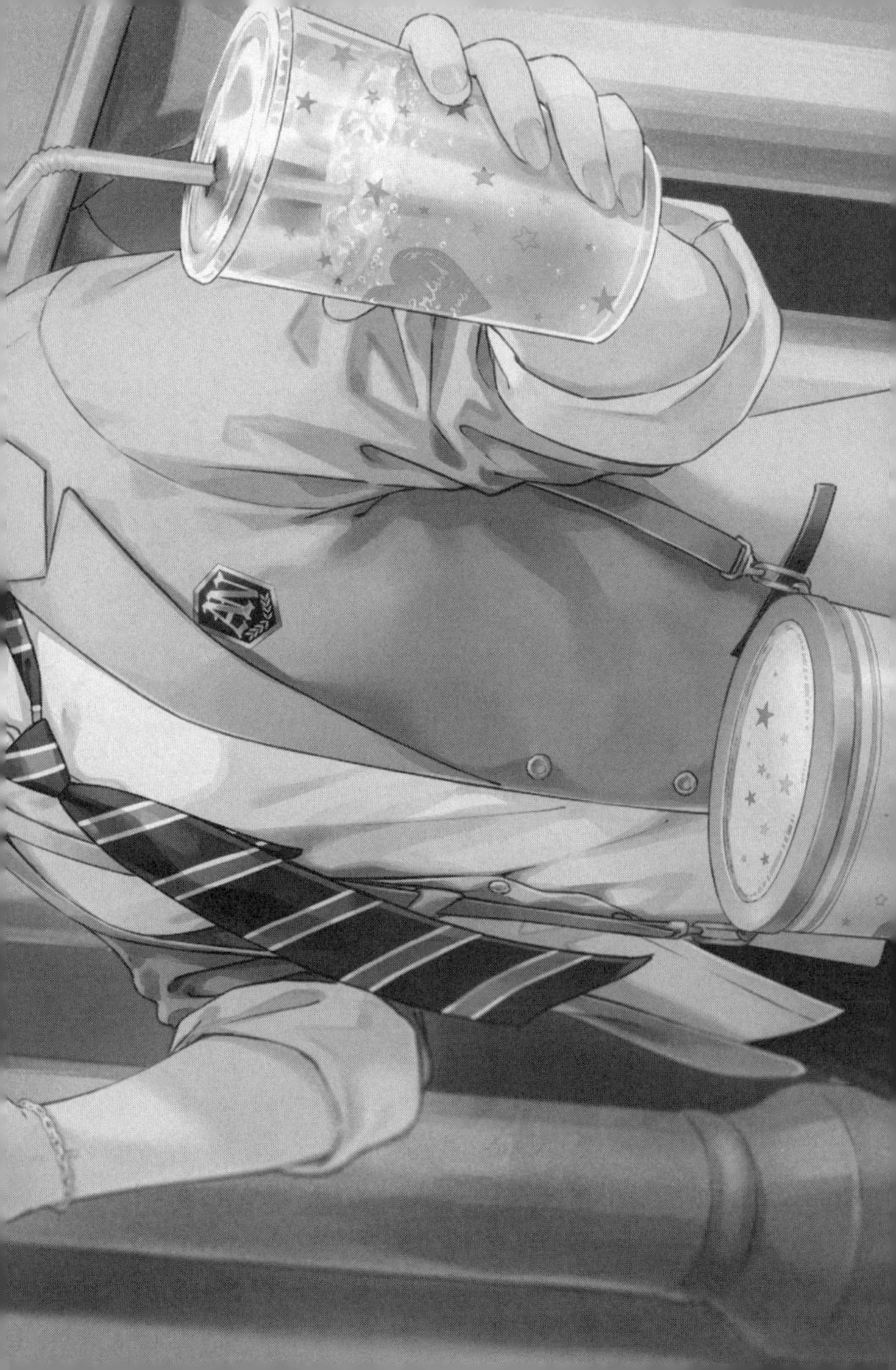

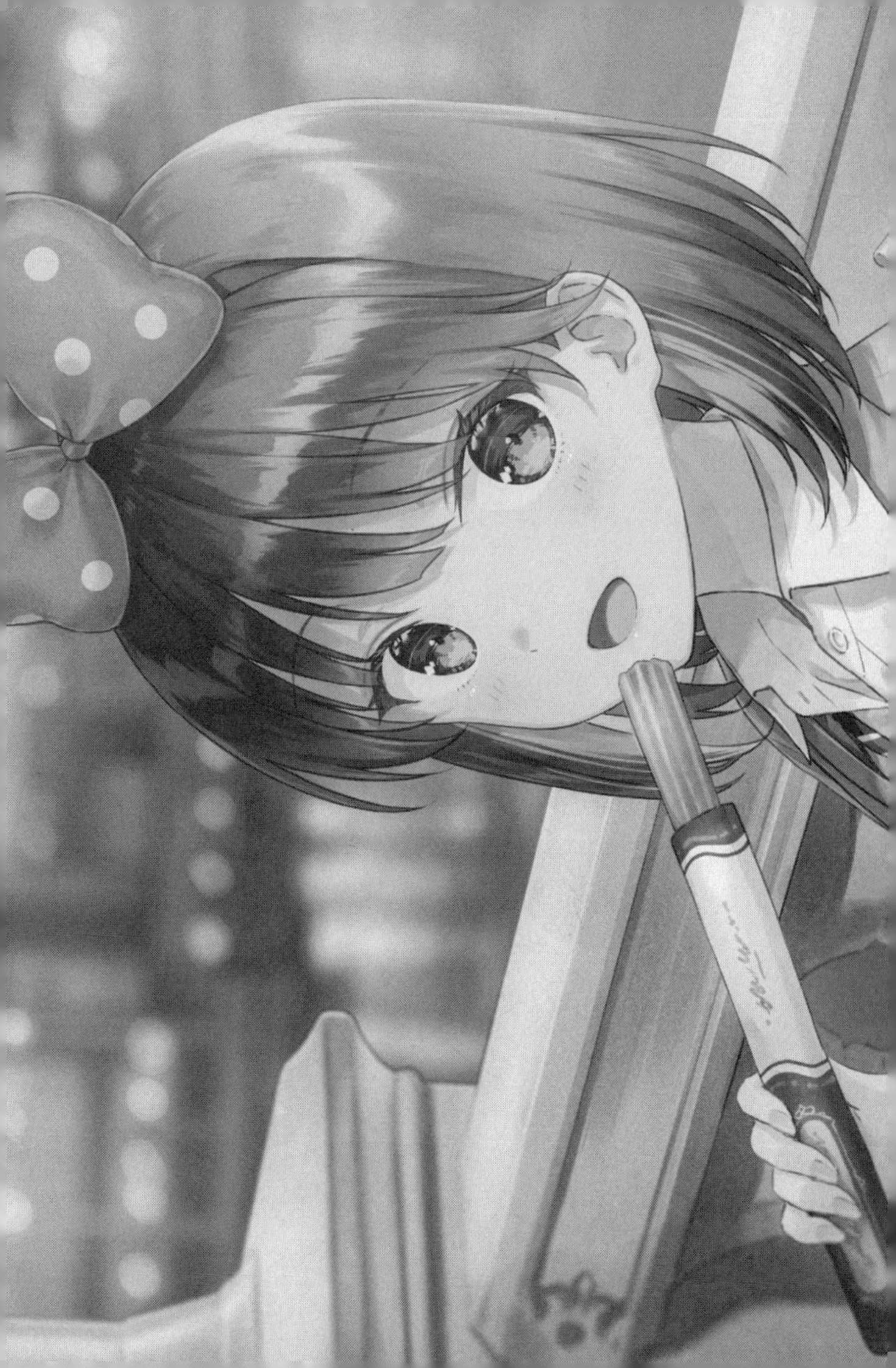

二斗が「夢の国」に行きたいとつぶやいていたのを聞き、「一緒に行こうよ」と俺から誘い出したのだった。

開演直後からフルパワーで遊んで、二斗《にと》はもう大興奮。

ネズ耳、ネズミの形のサングラス。

首からはポップコーンのバケツを提げ、手にはチュロスと飲み物。

そこら辺の子供たちよりも遥《はる》かに派手な浮かれ方をして、この時間を楽しんでいた。

……考えてみれば。

二斗《にと》とこんな風に二人っきりでしっかりデートするの、初めてかも。

彼女の仕事柄もあって、これまでは地元でちょっと買い物とか、カフェに行ってとかそれくらいだった。だから今日は思いっきり楽しむつもりだったし、二斗《にと》がはしゃいでくれているのもうれしかった。

「……とはいえ」

と、座れる高さの段差に腰掛け。

俺は、少し考えて言葉を返す。

「ごめん、話ぶった切って！　せっかくだから、ちゃんと聞かせてもらうよ」

「ほんと？」

存外軽い口調でそう言って、二斗《にと》は俺の隣に腰掛ける。

そして、俺の腕をぎゅっと両手で抱きしめ、短くそこに頬ずりすると、

「ありがと……」

「いえいえ」

「なんか……間違ってたのかなーって」

言って、二斗《にと》はチュロスを一口かじった。

内心は深刻なんだろう。それでもその口調は軽くって、今日、この場所にこの子を連れてきて正解だったなと改めて思う。

「一杯ループしてきて、もちろんそれはわたし自身のためだったけど……どこかで、皆にとってもいいことだったって、思ってたのね」

「ああ、それはわかるよ」

うんうんうなずいて、俺は二斗《にと》が差し出してきたチュロスを一口もらう。

シナモンの香りとメープルシロップの甘さが、なんだか優しい。

「俺も、正直思ってた。ぶっちゃけみんなも幸せにしてるし、自分のためだけじゃないって」

五十嵐《いがらし》さんにしても六曜《ろくよう》先輩にしても。

そもそも、二斗《にと》に対してだってそうだ。

俺は、どこかで彼らを救ったことを誇らしく思っていた。

「でも、こうやって四人でループしてさ。なんか、みんなの意思を無視してたとこもあったな

ーって。勝手に過去のことを書き換えて、人生を左右しちゃって。それはちょっと、微妙だったのかも」

たとえばさ、と、二斗《にと》は続ける。

「誰かに助けられて幸せになるより、自分で選んだ不幸の方がいい、ってこともありえるでしょ?」

「……確かにな」

そう考える人が、いてもおかしくないと思う。

人に与えられた成功より自分でする失敗の方がいい。そう思う気持ちは俺もよくわかるし、そしてその意思は、やっぱり尊重されるべきだ。

「だから……うーん。よくなかったのかなあ。こんなこと、すべきじゃなかったのかなあ。この休憩に入って、本当に久しぶりに、ゆっくりできて……」

言うと、二斗《にと》は腕を抱きしめる手に力を入れ。

春の空気に溶け込ませるように、吐息混じりに言った。

「ずっとそんなこと、考えてる……」

……実はそのことは、俺も考えたことがあった。

四人でループして、もう一度高校生活をやり直しながら、何度か違和感を覚えたことが。

確かに、間違いだった部分はあると思う。

傲慢だったと思う。

けれど……二斗《にと》の口からその疑問を聞いて。

大切な彼女が、後悔という形でそれを口にして、改めて思うことがある。

「……それでも」

勝手に二斗《にと》のチュロスにかじりついて、俺は言う。

「だからこそ手に入れられたものもあるからさ」

「……そう？」

「ああ、ループしたり時間移動したり、そのおかげで見つけられたものも、見えるようになったものもある」

それが、今の俺の中にある強い実感だった。

俺は変わった。

繰り返す時間の中で、最初の高校三年生を終えたときから、大きく変わった。

あの頃の俺は、自分がこんな風になれるなんて思いもしなかった。

「全部それは、ループのおかげだし。二斗《にと》がそれを始めたおかげで、手に入ったものなんだ。だから……確かに、よくなかったかもしれないけど、褒められたもんじゃなかったかもしれないけど」

言って、俺は立ち上がると二斗《にと》に笑いかけ、

「そのことは……俺たち、認め合ってもいいだろ」

「……ふふふ、そうかもね」

チュロスを食べ終え、二斗《にと》も立ち上がった。

「確かに、そうかも。巡《めぐり》がそう言ってくれるなら、そう思ってもいいかも」

「だろ？　もう俺、前の俺がどんなやつだったか思い出せないし」

「わたしは覚えてるよー、弱かった頃の巡《めぐり》」

「あはは、それはそれでうれしいけどな。で、次はどこ行く？」

「んー、そうだな……」

問われると、二斗《にと》はちょっと考える顔になり、

「……チュロス買う」

「え、また？」

「いや、またって言うけど！」

言うと、二斗《にと》はサングラスを上げきっと俺をにらみ、

「さっきの一本……ほとんど巡《めぐり》が食べたからね！」

……確かに！

確かにさっきのチュロス、俺が食べてばっかりだった！

二斗《にと》がかじったのは最初の一口で、あとは全部俺が……。

「あああー！　ごめん！　じゃあ次のは、俺がおごるから！」

「ふん、それならよろしい」

言って、二斗《にと》は腕を組み目を細める。

「それからついでに、飲み物とお土産のクッキーと風船もおごってもらおうかな」

「チュロス一本で、そこまで……!?」

そんな風に笑い合いながら、俺たちは近くの軽食販売店へ向かった。

――胸の中に、答えがしっくり収まったのを。

その未来が、きちんと自分の希望になったことを――。

＊

――その日の晩。

二斗《にと》とデートに行き、帰って来た夜。

俺は……布団《ふとん》の中で、夢を見ていた。

「……ここは」

気付けば俺は、どこかの部屋で椅子に腰掛けている。

見覚えのある場所だった。

置かれている学校の備品たち。荷物置きにしか見えない狭い空間。

空気は埃《ほこり》っぽくて、換気されていないせいでちょっとかび臭いにおいがする。

机の上にはゲーム機が載り、そばの鞄《かばん》からは漫画本が覗《のぞ》いていた。

――部室だ。いつもの見慣れた天文同好会部室。

けれど、なぜだろう。なんだか懐《なつ》かしくてしょうがない。

かつて、こんな部室にいたことがある気がする。

間違いなくそこにあった、けれど――今は既に失われてしまった、こんな空間。

だから、これが夢だと気付いた。

景色が滲《にじ》んで、感覚がふわふわして。間違いない、俺は今夢の中にいる……。

そして、そんなタイミングで、

「――お、お邪魔します……」

そんな声とともに、扉が開く。

そこには――彼女が立っていた。

「お、お久しぶりです。先輩。瑞樹《みずき》に、ここにいるって聞きまして……」

「……お、おお……」

――真琴《まこと》だった。

制服こそ天沼《あまぬま》高校のものだけれど、髪は黒のボブヘアー。

いつもはちょっと不機嫌そうな顔に、今は酷《ひど》く不安げな表情が浮かんでいる。

……こんな彼女を見たのは、いつぶりだろう。

俺にとって、もうずいぶん昔のことのような気がする。

もう記憶もかすれてしまった、匂いも思い出せない、遠い昔の話――。

そして、

「……天文同好会、入りたくて」

目の前の真琴《まこと》が、そんなことを言い出して。

「わたしも、この同好会に入りたくて、来ました……」

緊張気味にこちらを見上げて、俺は気付く。

――一度目だ。

間違いない。

これは――俺にとって一度目の高校生活。

真琴《まこと》が初めて部室に来た、その日の夢だ――。

「えっと……」

事情がわかり、俺は頭を切り替える。

そして、先輩らしい表情を作ると、

「芥川《あくたがわ》……さん、だよね？」

「ええ、そうです。芥川真琴《あくたがわまこと》です……」

「ああそうか、天沼《あまぬま》高校入ったんだよね」

「はい……」

うなずいて、真琴《まこと》は視線を落としてもじもじする。

「……歓迎するよ」

だから俺は、目の前の真琴《まこと》にそう言う。

「正直、まともに活動してる同好会じゃないけど。ただ、放課後ここに来てダラダラしてるだけなんだけど……それでもよければ」

真琴《まこと》が顔を上げる。

そして、ようやく少しだけ笑って見せると、

「ええ……もちろん」

ちょっといたずらな表情で、こんな風に付け足した。

「実は、そんな風に過ごせる場所が欲しかったんです」

——そうだ、そうだった。

高校二年生になったばかりの、春の放課後。
俺と真琴《まこと》の関係は――こんな景色の中で始まって、密《ひそ》やかに育っていったんだ。

＊

そうして始まった夢は、場面を飛ばしながら展開していく。

俺と真琴《まこと》が過ごした、一度目の高校生活。

起伏も展開もない俺たちの毎日が、古い映画みたいに再生される。

＊

「――え、ｎｉｔｏと付き合ってるんですか⁉」

一年目の春、ゴールデンウィークを過ぎた放課後。

部室でしゃべる最中に、真琴《まこと》が素っ頓狂な声を上げた。

「あの有名ミュージシャンの、ｎｉｔｏと⁉」

「あ、ああ……まあな」

その驚き方にちょっと引きつつ。

若干苦い気分を味わいつつ俺はうなずいた。

「マジですか……。へぇ〜……」

どうやら、元々彼女のことを知っていたらしい。

真琴《まこと》は口元に手をやり、その話を飲み込むようにぶつぶつつぶやいていた。

「この学校にいるのは、噂《うわさ》で聞いてましたけど、まさか先輩と付き合ってるとは……」

「言っても、今はほとんど連絡してないけどな」

ゲーム機を手に苦笑いしながら、俺はそんな風に補足した。

「もう何ヶ月かラインもしてないし、顔合わせることもないし……自然消滅、みたいな」

「じゃあ今は、先輩もフリーって感じなんですね」

「おう。てか、も、ってことは芥川《あくたがわ》さんも？」

「ええ、わたしも彼氏いません」

そう言って、真琴《まこと》は笑う。

「お互い、地味な高校生活ですねー」

口ではそんなことを言ってるけど、そこそこ楽しそうな表情にも見えて。

俺もなんだか、悪くない気分でゲームに視線を戻した。

＊

「──はあ、わたしももうすぐ二年生。先輩は、受験生になるのかー」

「だなー」

運動大会当日。

窓からグラウンドを見下ろしていた真琴《まこと》が、そう言う。

「あっという間ですね、高校生活って」

「だな。この調子で秒で大人になるんだろうな」

「えー、怖……」

話しながら、手元の漫画のページをめくった。

既に、俺の所属する二年四組はサッカーのトーナメントで敗北していた。

やることのなくなった俺は、部室に来てこうして漫画を読んでいる。

ちなみに真琴《まこと》のクラスも、バレーであっさり敗北したらしい。

俺のちょっとあとに来て、つまらなそうに窓からソフトボールの試合の行方を見守っていた。

「……芥川《あくたがわ》さん、運動は苦手？」

「いや、普通に嫌いじゃないですけど」

「へー、意外」

「というか、先輩」

「ん？」

「いつまで苗字《みようじ》呼びなんですか」

もう一度、ページから顔を上げた。

「そろそろ出会って一年経《た》つんですし、さすがに呼び方よそよそしくないですか？」

「あー、そだなー」

言われてみれば、そうかもしれない。

「じゃあ、これからは真琴《まこと》って呼ぶわ」

「ええ、そうしてください」

素っ気なくそう言って、真琴《まこと》は試合観戦に戻る。

その素振りは普段と変わらないけれど、呼び名が変わったせいか、これまでよりも距離が縮まったようにも感じたのだった――。

＊

「ていうか先輩」

「ん？」

「受験、大丈夫なんですか？」

「大丈夫って？」

「だから、勉強」

言うと、真琴《まこと》は呆《あき》れたように息を吐き、

「もうすぐ試験でしょう？　わたしと買い食いしてていいんですか？」

小言を言う母親みたいに、そんなことを言ったのだった。

夕暮れの、住宅街でのことだった。

荻窪《おぎくぼ》の街並みはどこか古ぼけていて、低い建物は平成を通り越して昭和の香りがして。橙《だいだい》に染まったその景色の中を、俺と彼女はトボトボ帰宅中なのだった。

「んまー、どうだろうね……」

真琴《まこと》の鋭い問いに、俺はぼんやり言葉を濁した。

「まずいっちゃまずいというか……」

「いやもう、十月になりますけど」

そんな俺を憐《あわ》れむような目で見て、真琴《まこと》は続ける。

「全然勉強する気配ないですよね？　どう考えてもまずいでしょう？」

「……ん、んん……」

「他の三年生、みんな勉強してる雰囲気ですよ。なのにいいんですか？　こんなとこでコンビニのフライドチキン食べて、唇テカテカにしてて」

「テカテカはそっちもだろ」

「わたし受験生じゃないもん」

「まあ、そうだけど……」

「このままじゃ浪人ですよ。わたしと同級生になっちゃいますよー」

「……お、それはちょっと楽しそうだな」

考えたこともなかったその指摘に、俺は思わずテンションが上がってしまう。

「真琴《まこと》と同級生、ってのは、割と面白い気がする。敬語じゃなくなったり、先輩呼びじゃなくなったりな」

「それはそう思いますけど。でも、そんな面白さのために、一年棒に振ってどうするんですか」

そう言って、真琴《まこと》は笑った。

その顔が、西日に照らされてオレンジに滲《にじ》んでいた。

「まあ、そういうのはいつでもやってあげますから。同級生扱いは、いくらでもしますから」

そして、そう言うと、真琴《まこと》は相変わらず油まみれの唇をにーっと持ち上げ、

「適度に頑張ってね……坂本《さかもと》くん」

いたずらな笑みで、そう言ったのだった――。

＊

そんな景色を――繰り返し繰り返し見ていた。
真琴《まこと》といたあの頃。
通り過ぎていった、そしてなかったことになってしまった季節たち。
どうしようもないと思っていた、無駄にしたと思った時間たち。
そして――夢の中で時間が過ぎ。
ずいぶんと、卒業式に近づいたところで――、
「……ん、んん……」
俺は――目を覚ました。
ベッドに横たわる、俺の身体《からだ》。
カーテンの隙間から差し込む、春の朝の眩《まばゆ》い光。
いつの間にか、ぐっすり眠ることができていたらしい。
「そっか……あんな景色も、あったんだな……」
そうこぼしながら、身体《からだ》を起こして大きく伸びをする。

息を吸って、吐いて、身体《からだ》の中の空気を入れ換える。

「俺、あんな毎日を過ごしてたんだな……」

——不思議だった。

はっきりと、そのときがきたのだと思った。

みんなに、俺が選ぶ未来を話す日が。

「……よし」

ベッドから起き上がり、着替えを用意する。

シャワーを浴びて、朝ご飯を食べたら、今日の行動を始めよう。

どうしても——たどり着きたい場所があるから。

そうするしかないことに、そしてそこに価値があったことに、ようやく気付けたから——。

浴室に向かいながら、俺はスマホを起動。天文同好会メンバーたちに、とあるメッセージを送信した。

第六話 chapter6

【未来】

一週間ぶりに、いつものメンバーが部室に集められた。

二斗千華《にとちか》、五十嵐萌寧《いがらしもね》、六曜春樹《ろくようはるき》、坂本巡《さかもとめぐり》。

見慣れた顔ぶれ、見慣れた光景だった。

時間がとろとろ流れる音が聞こえてきそうな午後だった。

見回せば、部室の景色が目に入る。

並んでいる学校の備品たち。鉱石の資料やまだドイツが東西に分かれている世界地図。

壊れたラジカセと落書きだらけの机と、埃《ほこり》を被《かぶ》った石膏《せっこう》の胸像。

愛おしさすら感じるその景色の中で、俺は——最後の話を。

皆に向けての説明を始める。

「今日は——来てくれて、ありがとう。先週話した通り、俺が見つけた『今後のこと』について説明させてもらうよ」

緊張気味の二斗《にと》、五十嵐《いがらし》さん、六曜《ろくよう》先輩。

そのことを、ちょっと申し訳なく思いながら、

「まず、俺たち共通の目的は、真琴《まこと》を助けることだったよな」

そんな風に話を続ける。

「けど、こうしてループした今回も、俺たちは失敗した。彼女が俺と二斗《にと》の関係に胸を痛めて、距離を取ろうとしたから。で……まずは認めなきゃいけないことがあって」

言って、俺は視線を落とすと、

「真琴《まこと》は——どんなに取り繕っても、俺と二斗《にと》の関係に気付くと思う」

受け入れたくなかった事実を。

それでも、きっとみんなが気付いていた本当のところを口にする。

「二斗《にと》と俺は信頼し合ってる。表面だけじゃなくて、深いところで。で、真琴《まこと》はやっぱり鋭いんだよ。だから、距離が近づけばどうしたってあの子はそのことに気付くと思う。俺らがどんなに隠したってな」

そういう風に、考えた方がいいだろう。

たとえば、泊まりがけで一緒に小惑星を探すような仲になるなら。

あるいは、それさえ回避しても、同じ同好会にいることになれば。

真琴《まこと》は——俺と二斗《にと》の関係を察する。

「つまり……俺と二斗《にと》の信頼関係があれば、真琴《まこと》は毎回同じ結末にたどり着くんだ」

沈黙している三人。

少し落ちついて見えるその表情に、みんなも似たようなことを考えていたのかも、と思う。

ただ、問題はこの先で——、

「だとしたら……困ったことに、解決策は一つなんだよな」

苦笑しながら……ぼやくような口調で、俺は言う。

「二斗《にと》と俺の関係を——変えるしかない」

そう口にすると、胸に鋭い痛みが走った。

「隠すとか、そういうのじゃない。本当に、今の関係自体を手放さなきゃいけないんだ」

どうしても——そういうことになる。

そこを避けては、真琴《まこと》を助けることはできない。

厳しい事実だけど、そのことをまず受け入れるしかないと思う。

「……それは、わかった」

存外冷静な声で、二斗《にと》はうなずいた。

彼女も、ここまでは自分でも考えていたのかもしれない。

「辛《つら》いけど、認めるしかないね。真っ当に考えて、それしか手段がない。色々問題はあるけど、まずはそこから始めるしかない……」

「ああ」

「……でも、どうやって？」

そして、彼女は首をかしげる。

「どうすれば、関係を手放すことができるの？」

そう——そこが問題だ。

生まれた信頼を、関係性を、どうやって手放すというのか。

そんな不可能を、どうやって可能にするのか。

……一つだけ、手段がある。

俺たちだけが使うことのできる、唯一確かな手段。

「時間の移動を使うんだよ」

そう前置きし、俺は大きく息を吸い込むと――、

「俺が――時間移動を始める前に戻る」

「つまり……うまくいかなかった最初の高校時代に戻るんだ」

「……それって」

二斗《にと》の声は、あからさまな動揺の色を含んでいた。

「一番失敗した、高校生活のラストってことだよね？」

「うん」

「わたしが失踪してて、萌寧《もね》とも六曜《ろくよう》先輩とも仲良くならなくて……巡《めぐり》も受験に落ちた未来だよね？」

「ああ、その通りだ」

もう一度胸に痛みを覚えながら、俺は二斗《にと》にうなずいてみせた。

「言ってみれば、物語の最初に戻るんだよ。俺にとってのすべての始まり——初めての時間移動をする直前に……」

そう。俺がたどり着いたのは——そんな解決方法だった。

まだ、時間移動をする前。

ダラダラしたまま卒業式を迎え、浪人が決定したあの時間軸。

二斗《にと》失踪の報道にうろたえ、部室でピアノを弾いたあの日に戻ること——。

「あの日に戻れば、確実に真琴《まこと》は助かるんだ。なんせ、もう天沼《あまぬま》高校に入って、三年生になる直前なんだから。問題が起きないまま高校生活が始まった、その先の未来なんだから」

これなら、絶対に真琴《まこと》を助けることができる。

なんせその時間軸では、問題自体が存在しない。

これ以上に間違いのない方法はないだろう。

彼女が心中に巻き込まれるのを回避する上で、最善の一手のはずだ。

「もちろん、懸念《けねん》も山ほどあるよな」

言って、俺は素直にその案の弱点も認める。

「まず、時間軸を越えて過去に戻れるのかがわからない。この時間軸じゃなくて、その前のループでもなくて、俺が最初に過ごした一度目の高校生活のラストに戻る。そんなことが可能なのか……」

当然出るだろう疑問に、俺は先回りして触れる。

「でも……どうだ、二斗《にと》？」

言って、俺は彼女に視線を向けた。

「難しいかな、そんな時間軸を越えての移動は」

「……そ、その、確証はないけど」

答える二斗《にと》の声は、酷《ひど》くうわずっていた。

「経験上……可能、な気がする。ピアノでの時間移動って、演奏者の記憶にある景色を辿《たど》ってるみたいなのね。その世界の客観的な過去じゃなくて、主観的にその人にとっての『過去』、やり直したいと思える地点に戻れるというか。演奏者が、強く願ってる記憶の地点というか……」

「……だよな」

「うん。証拠は、ないけど……」

彼女の言う通り、それは仮説でしかないんだろう。

結局どうなるかは、実際にやってみなければわからない。

けれど、俺にもなぜか妙な確信があった。

俺は……そこに戻ることができる。

真琴《まこと》と時間を無駄に過ごしたあの日、そこに帰ることができる――。

「でも、あの……」

けれど、二斗《にと》はもう一度不安な声を上げ、

「その未来でみんなはどうなってるの……？」

もう一つの懸念《けねん》を口にする。

「わたしは確か、遺書みたいなのを残して失踪してるんだよね？　それに、萌寧《もね》と六曜《ろくよう》先輩は、どうなったの……？」

「それなんだけど……」

そうだ。この件は——誠実に伝えなきゃいけない。

この時間移動、最大の問題がそこだ。

それは、包み隠さず説明しなきゃいけない——。

「まず、五十嵐《いがらし》さんは……」

一度歯を食いしばり、俺は思い出す。

「……一年生の段階で、二斗《にと》と絶縁してる」

「……」

無言のまま、彼女は口元に手を当てた。

「例の引っ越しやら配信ライブやら、五十嵐《いがらし》さんのお母さんの体調不良も重なって……それが悪い方に嚙《か》み合《あ》った。そのまま二斗《にと》とは、交流がなくなってるらしい……」

冷静な顔で、五十嵐《いがらし》さんはうなずく。

「そっか。そうだよね！　あのとき、坂本《さかもと》が色々助けてくれて、なんとかなったけど……いなかったら。わたし一人だったら、そうなるよね」

「……そう」

「じゃあ」

深く落ちついた声で、六曜《ろくよう》先輩もそれに続き、

「俺も文化祭で、当たり前みたいに二斗《にと》に負けたんだろうな」

「……そう、みたいですね」

「その感じだと、大差をつけられて負けたんじゃねえのか？」

「はい……」

ここでも嘘《うそ》をつくわけにはいかない。

俺は文化祭当時、未来の六曜《ろくよう》先輩本人から聞いた情報を思い出し、

「四倍……だそうです」

正直に、そう伝えた。

「二斗《にと》のメインステージは、有志ステージの四倍の人を集めて勝ったそうです」

「うわ、マジか」

もはや自嘲するように笑って、先輩は額に手を当てた。

「四倍……マジか。いや、覚悟はしてたつもりだったけど……そこまでか」

「ええ……」

「その時間軸の俺、相当荒《すさ》んでたんじゃね？　それはさすがに、耐えられる気がしねえ……」

「ですね、とても辛《つら》そうでした……」

そうだ。

この選択は——こんな意味を持っている。

俺たちが、この時間で手に入れたものを、すべて放棄する。

そして、『すべて手に入らなかった』ものとして、未来を歩んでいく。

そんな残酷な意味を。

「それに、わたしの失踪……」

二斗《にと》が消え入りそうな声で、それに続いた。

「しかも、遺書まで残して……」

「……だよな」

そう——それが最大の問題だ。

俺の目指す未来で、最悪の結末を迎えていた二斗《にと》。

彼女の行方はわからないし……正直に言おう。

最初のその報道に触れたとき、どこかで二斗《にと》は命を落としてしまったんだろうと思った。

俺たちに見つからない場所で、自ら命を絶ってしまったんだと確信した。

だからこそ、俺は必死になって過去をやり直してきたんだ。

そんな風に——「物語の最初」に戻るのには、大きなリスクがある。

解決したはずの問題が、すべて戻ってくる。

でも——。

「……でも、わかるんだよ」

言って、俺は二斗《にと》の方を向く。

それまでで一番優しい笑みを、彼女に向ける。

「二斗《にと》は……あの未来で、死んでなんていない」

「……え？」

「再起不能に陥っているけど、絶対に、命なんて絶ってない。今の俺にはわかるんだ」

——強い確信があった。

今俺は二斗《にと》の隣にいる。きっと、誰よりも彼女のことを理解している。

だから——はっきりと言い切れる。

あの未来でも、二斗《にと》は必ずどこかで息をしている。

かろうじて、最悪の選択をしないままで震えている。

それだけじゃない。

「どこにいるかも、目星はついてる」

そんな気さえ——していた。

「あのとき二斗《にと》が、どこにいたのか。どんな気持ちでいたのか……」

それは……長い長いやり直しの時間のおかげだった。

二斗《にと》が本当に落ち込んだとき、思い悩んだときに行くところ。

同時に、彼女にとって居心地のいい、秘密基地。

きっと二斗《にと》は、一人でしばらくさまよったあと——あの場所にたどり着いた。

卒業式のあの日、そこにいた——。

「二斗《にと》だけじゃない……みんなそうだ」

言って、俺はメンバーの顔を順番に見る。

「俺たちはもう知ってるだろ？　こんな風に、親友同士になれること。それぞれ、自分の問題を解決できること。だから……あっちに戻ったら、すぐ皆に会いに行く！　もう一度、親友になってみせる！」

今の俺なら、できると思う。

もう一度全員と、俺は未来を目指していくことができると思う。

「だから——」

俺は——もう一度三人に希望を込めて。

強い願いを込めて言う。

「俺は――戻りたいんだ。物語の最初に」

「俺にとって、本当の高校生活の終わりに」

「どうか、そうさせてください――」

沈黙が部室に下りる。

時間が止まってしまったような、あるいは永遠が過ぎたあとのような空白。

このまま呼吸さえ止まって、すべてが凍り付いて、無限にこのままなんじゃないかという気さえし始めた。

けれど――、

「……うん、わかった」

そんな声で、もう一度時間が流れ始めた。

「いいよ。戻ろう、坂本《さかもと》。そこからわたしたちの未来、始めよう」

聴き慣れた友人の声。

どこか華やかで、ちょっと生意気そうなハイトーンボイス。

五十嵐《いがらし》萌寧《もね》の声。

「本当に……いいのか？」

「うん。だって」

　尋ねると、五十嵐《いがらし》さんはまっすぐな笑みを俺に向け、

「この間言ったじゃない。坂本《さかもと》の選ぶことなら、味方になるって。だから賛成する。わたしもそれがいいと思う」

　そして、動き出した歯車が噛《か》み合《あ》うように、

「俺も同感」

　六曜《ろくよう》先輩も、それに続いた。

「俺らなら、そこからなんとでもできるだろ。そのことがこの一年でよくわかった。だから……行ってこいよ。もう一回、親友になろう、巡《めぐり》」

「ありがとうございます……」

　胸にこみ上げるうれしさに、涙が零《こぼ》れそうになった。

　わかってくれた。俺の考えを、根本から肯定してくれた。

　そんな友人が今、目の前にいる。そんな喜びに、胸が大きく震える。

　そして——二斗《にと》は。

　全員の視線を受け、最後の意見を求められた彼女は。

　数呼吸分の間を空けて——、

「……ちょっとだけ、考えさせて」

弱々しい声でこう言った。

酷《ひど》く揺れる声だった。

彼女の戸惑いと不安が、はっきりと張り付いた響きだった。

「一日だけでいいから、考えさせて……」

「……そっか、わかった」

……そうだよな。すぐに答えなんて、出ないよな。

言ってみれば俺は……真琴《まこと》の命のために、この子との積み重ねを消そうとしているようなものので。二斗《にと》の努力を、なかったことにしようとしているわけで。

二斗《にと》がそれを、すぐに受け入れられないのは当然だ。

どれだけ時間をかけてでも、納得のいく結論を出してほしい。

実際、返事はいつだって構わないんだから。

「じゃあ……気持ちが決まったら教えてほしい」

だから俺は、できるだけ優しい笑みで彼女に言う。

「連絡くれたら、すぐに話を聞くから。本当に、納得のいく道を選んでくれればいいよ。俺の考えが嫌だったら、はっきりそう言ってくれてもいい」

「……わかった、ありがとう」

ようやく少し安心できた様子で、二斗《にと》は小さく俺にほほえんだ。

「ごめんね、わたしだけ決断できなくて……」

「いいんだって、俺のわがままなんだから。……さて」

一息つき、俺はもう一度全員に向き直る。

実は今日は、もう一つ考えてほしいことがある。

「それで……仮に最初に戻るとして。みんなには、選んでほしいんです」

言うと、俺は一度空気を小さく吸い込み、

「俺と一緒に、ループするかどうかを」

——一緒にループするか。

つまり、俺が戻る『最悪の三年間の結末』についてくるのか。

今ある記憶を、そちらの世界の自分に移すのか。

理屈の上では、可能なんだろう。

俺がピアノを弾くその場にいれば、きっとその人は一緒にループできる。

この時間軸での記憶を、失わない。

けれど、それを望むのか。

成功を手にしたこの未来の自分が、身に覚えのない失敗をして、すべてが後の祭りになった時間軸についてきてくれるのか。

「これもとても、大事なことだと思うんです。だから皆――気持ちを、聞かせてほしい」

そう言って――俺は彼らの前に立ち。

一人ずつ、彼らの選択を聞いていった――。

＊

二斗《にと》から連絡があったのは、翌日のことだった。

土曜日の朝、『気持ちが決まりました』と短くラインがあった。

思いのほか早い決断だった。どれだけでも待つつもりだったから、小さく驚いてしまった。

そして――、

「――ごめんね、呼び出して」

駅前のショッピングビル、タウンセブンの屋上で。

そう言う二斗《にと》の、前髪が風に揺れていた。

「気持ちが決まったから、伝えたくて……」

「そっか……ありがと」

その日は遠く、眼下に広がる荻窪《おぎくぼ》の街を見下ろしている。

子供たちの遊べる広場になっているこの場所で、柵越しに街を眺め彼女は俺を待っていた。

春。空気は少しずつ温かみを増していっている。

風は花の香りと街の香りをはらみ、俺たちの鼻をくすぐる。

この場所を指定したのは、俺だった。

俺たちが住む荻窪《おぎくぼ》の街、その全体を見下ろせるこのビルの屋上。

別に、思い出があったりするわけじゃない。

二斗《にと》と来たことは一度もないし、俺自身それほど遊びに来たこともない。

ただ……はっきりと、この話にはここがふさわしい、という感触がある。

——これまで。

俺は、星を見上げるので精一杯だった。

夜空に浮かぶきらめきに手を伸ばすのに必死だった。

じゃあ——そんな俺は、傍《はた》から見ればどんな有様《ありさま》だったのか。

星の位置から見れば、どんな存在だったのか。

それを知るには、荻窪《おぎくぼ》を見下ろせるここが、きっとちょうどいい——。

そして、今日もくるくると回る街に目をやりながら。二斗《にと》はもう一度つぶやくような声で、

「……行ってきていいよ」

俺に、そう言った。


「一番最初に、戻っていいよ……」

それは酷《ひど》く寂しげで、でもどこか、期待の籠もった声色《こわいろ》だった。

「そっか……」

「もちろん怖いけど、頑張ったの全部なくなるの、悲しいけど……」

言って、二斗《にと》は唇を噛《か》む。

何かをこらえるような顔をして、それでも気丈に笑ってみせて、

「それが、一番いいと思った」

「……本当に、それでいいの？」

念のため、俺はもう一度確認する。

「多分、その選択で一番苦しむのは二斗《にと》だよ。それでも、いい？」

「うん」

二斗《にと》は言うと、存外はっきり首を縦に振る。

「あのね……やっぱりわたし、過去を変えるなんて間違ってたかもって、どうしても思っちゃう。勝手に人の運命を左右して、傲慢だったかもって。それを手放せなかったのは、怖かったからで。わたし、ループしなきゃ生きていけない気がしてて……」

そうだ、そんな恐怖に駆られて、二斗《にと》は高校生活をやり直していた。

それこそ、数え切れないほどに長い年月を。

俺に伝えられないほど沢山の回数を。

そんな彼女が、『最初に戻る』なんて決断、ためらうのは当然だ。

「でも……思い出したの」

と、二斗《にと》の表情に光が宿る。

「巡《めぐり》が、そうやって手に入ったこともあるって。前に進めたって、言ってくれたでしょう?」

「ああ、そうだな」

夢の国での彼女との会話。

ふざけた格好で、二斗《にと》と交わした言葉たち。

「だからね……大丈夫かも、って思った」

二斗《にと》は、そう言って破顔する。

「坂本《さかもと》なら、わたしを助けてくれるかもって思った」

そして、彼女は俺の手を取ると——、

「──いってらっしゃい」

──目に涙を浮かべ、俺にそう言う。

「わたしは……行かないから。萌寧《もね》と六曜《ろくよう》先輩と一緒に、ここに残るから……」

萌寧《もね》と六曜《ろくよう》先輩と一緒に。

そう、二人は俺と一緒に過去に戻らないことを選んだ。

正直、予想はしていたことだった。

俺がいなくなったあと、この時間軸がどうなるのかはわからない。

何かの形で続いていくのか、あるいは消えてしまうのか。

確認のしようもないし、予想だってしきれない。

けれど──自分の身に覚えのない失敗をした未来へ行くのではなく、この場所に残る。

それは、納得のいく選択だった。

「──ごめんね、坂本《さかもと》。ありがとう」

「──お前と会えたことは、一生の宝物だ」

そう言って、五十嵐《いがらし》さんと六曜《ろくよう》先輩は俺を送り出してくれた。

「──向こうのわたしに、よろしくね！」

「──絶対に、会いに行ってやってくれよ！」

そして二斗《にと》も──戻らない。

俺は、俺一人であの地点から、もう一度歩き出すことになる。

「……おう、わかった」

覚悟を決めて、俺はうなずく。

「一応、報告なんだけど……未来で、千代田《ちよだ》先生に言われたんだ。もう、ピアノは処分するって。俺たちの卒業後、ゴールデンウィークには業者に持っていってもらうって」

実は……前回未来に行ったときに、千代田《ちよだ》先生にそう聞かされていた。

古くなった備品を学校から一掃する計画があるらしく、天文同好会部室からはピアノが持っていかれるそうだ。

俺たちが、ループや時間移動に使っていたピアノ。

過去と未来を繋《つな》いでくれた、特別なそれ。

「つまり……俺が向こうに戻ってしばらくすれば、時間移動はできなくなる。全部が、取り返しがつかなくなる」

そういうことに、なってしまう。

ループも時間移動も、永遠にできるわけじゃない。

俺が最初に戻ってひと月も経《た》てば、時間を渡り歩く方法は失われてしまう──。

「それでも、戻っていいのか？　二斗《にと》はついてこなくていいのか？」

「……うん」

ほとんど迷わず、二斗《にと》ははっきりうなずいてくれた。

「だって……普通みんな、そんな中で頑張って生きてるんだもん。時間を移動なんてせずに、一度きりの人生を生きてるんだもん」

「……ははは、そりゃごもっともだ」

確かにその通りだ。

みんな、時間を移動なんてせずに、それでも毎日必死で生きている。

俺も二斗《にと》も、そんな『当たり前』に戻るだけなんだ。

「……頑張ってくる」

もう一度、彼女に力強くそう言った。

「最初に、二斗《にと》を迎えに行く」

「うん……待ってるから……」

うなずくと、二斗《にと》の目から涙がポロリと零《こぼ》れた。

その光景に——我慢できなくなる。

俺は彼女に手を伸ばし、その身体《からだ》を強く引き寄せる——。

「ありがとう、二斗《にと》」

両手で包む、彼女の細い身体《からだ》。

上着越しにもわかる華奢《きゃしゃ》な肩の作りと、頬に感じる肌の温かさ。

きっと、この時間軸の『二斗《にと》』を抱きしめるのも、これで最後だ。

大きく息を吸い込むと、彼女の髪から花のような鮮やかな香りがした。

「俺は、どんなになっても君が好きだから」

こみ上げる気持ちを、言葉にして彼女に伝える。

「どんな時間軸の君も、大切にするから」

言いながら、もう一度両手に強く力を込めた。

同時に——二斗《にと》が泣き始める。

子供のように大きな声を上げ、しゃくり上げながら涙を零《こぼ》す。

「……巡《めぐり》……ありがとう。みん、な……ありがとう」

「ごめんね……勝手なこと、して……」

「でも……ありがとう。大好きでした……みんな……巡《めぐり》……」

声を上げる度に、二斗《にと》の身体《からだ》が震える。

男の俺よりもずっと華奢《きゃしゃ》な身体《からだ》。

その中に宿る二斗《にと》という魂が、繰り返してきた高校生活。

永い永い時間。

そのすべてを——俺は愛おしく思う。

どんな彼女でも、永遠に好きでいられることができると、はっきりと思う。

「……ありがとう」

一度身体《からだ》を離し、二斗《にと》は俺を見上げた。

そんな彼女に、俺は意を決してキスをする。

何度も味わってきた、彼女の唇の感触。

けれど、その柔らかさも甘やかさも、どうしようもなく大切に思えた。

かけがえのない、二度と戻ってこない、この気持ち。この時間。

それを十分に味わってから、ゆっくり顔が離される。

「……えへへ」

頬を赤らめ、笑っている二斗《にと》。

「街中で、キスしちゃった……」

「だな、週刊誌に見つかったら大騒ぎだよ」

「ほんとだよ、あはは……」

そして彼女は、

「……あのね、最後に一つやりたいことがあって」

そんなことを、言い出した。

「巡《めぐり》が向こうに行くそのときに……やりたいことがあるの――」

＊

『――えー、どうかな。配信、ちゃんと始まってるかな』

ピアノの上。

譜面置きに置いたスマホの中で、nitoが声を上げた。

『ん、大丈夫そうだね。ごめんね、今日は突発で配信することになって。どうしても……やりたいことがあって』

二斗《にと》の決心を聞かせてもらった翌日。日曜の、部室でのことだった。

俺は『最初の時間軸』に戻るため、この場所を訪れていていて。

ピアノの前に腰掛けていて。鍵盤に指を置いていて。

いつでも曲を弾ける姿勢で、その配信を見ている。

開け放った窓から、春の風が吹き込んだ。

桜の季節にはまだ早いけれど、花の香りが花をくすぐって……。

今日という日が、こんな日で。終わりにふさわしい日でよかったと、心から思う。

『実はね……今日は、大切な人に、最後に歌を届けたいんです』

スマホの向こうで、二斗《にと》が言う。

見慣れた彼女の生配信画面。

インテグレート・マグの寮の、配信スペース。

そこでピアノの前に腰掛け、彼女はカメラに話しかけている。

突発的な生配信なのに、視聴者は既に一万人近く。

そんな状況で、

『まあ……大切な人っていうか、彼氏です』

あっさりと、彼女はそんなことを言ってのけた。

『ずっと付き合ってる彼氏がいて。実はね、その彼が遠いところへ行っちゃうんです。だから、最後に歌を送りたくて』

目を細め、切なげな笑みで言う二斗《にと》。

そんな彼女とは対照的に、チャット欄はどっと沸く。

『──彼氏!?』

『──そんなこと言って大丈夫？』

『──そりゃいるだろ恋人くらい』

これまで、ｎｉｔｏが恋人の存在を公に明かしたことはない。

動揺と混乱にチャット欄は一気に加速し、どこから情報を聞きつけたのか視聴者数が数千単位で伸びていく。

ただ──俺は。

当の彼氏である俺は、どこか穏やかな気持ちでそれを見ていた。

「──さよならライブをやりたいんだ」

タウンセブンの屋上で、二斗《にと》は最後に俺にそう言った。

「巡《めぐり》が始まりに戻るとき、わたしはそばにいられないから。だからせめて、お別れのライブを配信したい。それを、巡《めぐり》に見てほしいの……」

それは、良《い》いアイデアだと思った。

一人で最初に戻るのは、とても寂しい。

けれどこうして配信を見ていると、彼女が今も寄り添ってくれている気分になった。

『……ありがとね、巡《めぐり》』

画面の中の彼女が、俺を呼ぶ。

『こういう形でになっちゃったけど、最後までそばにいてくれてありがとう』
「……こっちこそな」
　こみ上げる苦しさを飲み下して。
ぐっと涙をこらえて、俺はスマホの向こうの彼女に言う。
通話は繋《つな》がっていない。言葉は届かない。
それでも、ディスプレイの彼女の顔を撫《な》で、俺は二斗《にと》に伝える。
「本当にありがとう。こんな場を用意してくれてありがとう」
『それじゃあ……歌おうかな』
二斗《にと》がそう言って、小さく咳払《せきばら》いする。
『彼を送り出す、最後の曲を歌いたいと思います』
その言葉と同時に、俺は鍵盤に手を乗せた。
最後に――彼女と約束したことがある。
一番始めにループするそのとき。その演奏は、二人で一緒にしようと。
だから、
『聴いてください』
二斗《にと》がそう言い――鍵盤に指を落とす。
ゆっくりと音の数が増えて、聴き慣れた曲が。

二斗《にと》がループの度に弾いていた、ダンスナンバーが始まる。

彼女の手が、踊るように和声を奏《かな》でる。

軽やかに鳴るコード。

空間すべてが色づくような響き。

そして、本来歌の始まる箇所で――俺はピアノを弾き始めた。

時間移動を始めて、すっかり慣れてしまった鍵盤の演奏。

それでも二斗《にと》よりはずいぶんたどたどしく、俺はその旋律を紡《つむ》いでいく――。

――背筋に、寒気が走った。

画面の向こうの二斗《にと》が、笑っている。

俺たちは今、初めて一緒に一つのものを作り出している。

思い出すのは、時間移動を始めてからの日々のことだ。

二斗《にと》との再会と、彼女との部員探し。

五十嵐《いがらし》さんとのあれこれ、六曜《ろくよう》先輩との文化祭、真琴《まこと》との星探し。

四人でループしたあとの一年間だって、俺の大切な宝物だ

そんな――かけがえのない時間が。

二度と戻らない特別な時間が、今俺の手から零《こぼ》れていく――。

そのとき――光が、視界に閃《ひらめ》いた。
眩《まばゆ》い一瞬の閃光《せんこう》。
真っ白なそれに、俺は反射的に目をつぶる。
数秒後。網膜に焼き付いたそれが消え、恐る恐るまぶたを開けると、
――暗がりに浮かんでいた。
それまでの景色はどこかに消え、果てのない真っ暗な空間に俺は浮かんでいる。
重力を全く感じない。暑さも寒さもない。すべてがゼロの感覚。
ただ、目の前にピアノがある。
二斗《にと》の映ったスマホもある。
見れば、身体《からだ》の周囲をいくつかの光が回っている。
公転する惑星たちのような、速度も大きさも違う眩《まばゆ》い灯《あか》り――。
そして――曲のサビが終わり。

『――じゃあね！』

スマホの向こうで、二斗《にと》がそう叫んだ。

『巡《めぐり》──大好き！』

俺もだよ、二斗《にと》──。
俺も、大好きだ──。
心の中でそう返すと、もう一度思い出す。
時間移動でもう一度再会した二斗《にと》。その喜び。
彼女と過ごした時間と、心を通わせられた幸福──。
そのすべてが、二斗《にと》の姿が──光の渦の向こうに消えていく──。

俺の周囲を高速で回る──ピンクの光。
なぜか懐《なつ》かしい、心落ちつく光景──。

──涙はもう、出なかった。
俺にはするべきことが、たどり着きたい場所がある──。
そして、そんな桜吹雪のような景色の中で。

一度俺の頬を、春の風が撫《な》でた気がした――。

最終話　final episode

【あした、裸足でこい。】

あっという間に三年が過ぎ高校生活が終わり。卒業式まで済ませちゃった今、俺は正門らへんのベンチで入学式の日を思い出していた。

「あっけないもんだったな……」

空気に霞《かす》む艶《あで》やかな香り。制服を撫《な》でる淡い昼の日差し。

目に入るのは、春風に舞う無数の桜の花びらだ。

薄いピンクがうねり、渦を巻き、生き物のように流れていく。

その色合いに、卒業生たちの制服の黒がよく映えていた。辺りにたゆたう、映画のラストシーンじみた高揚感。

――俺は、戻ってきた。

俺にとって、初めての高校の卒業式当日に。

すべてを無駄にした三年間の、その結末に――。

あっけないものだったな、と心から思う。

時間移動で繰り返してきた、永遠にも思える時間たち。

その中で起きた出来事や生まれた感情。

大切な人たちと交わしてきた言葉。

そのすべてが、花が散るように消えてしまった――。

けれど――その寂しさを飲み込んで。

嗚咽《おえつ》が漏れそうになるのを抑えこんで、

「……なんか、よくできた漫画みたいだよな」

俺は……隣にいるはずの彼女に。

どうしても守りたかったその女の子、真琴《まこと》にそう声をかけた。

「第一話と最終話のシーンがループしててさ。それだけは、この高校生活の救いかもしれん」

「それ以外の部分、全部ドブに捨てましたけどね」

彼女の声がした――。

そちらを見れば――金色のショートヘアー。

懐《なつ》かない猫みたいに、クールそうな顔立ち。

けれどその顔に、酷《ひど》く愉快そうな笑みを浮かべた彼女――。

芥川真琴《あくたがわまこと》が、そこにいる。

「イベントも高校生らしい出来事も、きれいに全部」

「まあ……そうだなあ」

胸が詰まりそうになりながら、俺はうなずいた。

本当に、きれいに全部消えてしまった。この世から、なかったことになってしまった。

けれど、そんな時間はドブに消えてしまったわけじゃない。

今もまだ、俺の胸の中に確かに息づいている。

真琴《まこと》と星を探した記憶も、真琴《まこと》を大切に思った、絶対に助けたいと思って過ごした日々も
――。

「でも、悪くなかったですよ」

そして真琴《まこと》は、そう言って目を細める。

「巡《めぐり》先輩と青春を浪費するのも」

「……本当だな」

その言葉に――俺は深くうなずいた。

一度目にそう言われたときは、納得のいかなかったその言葉。

悪くなかった、なんて思えない、どうしようもない三年間。

けれど、今の俺にはわかる。

その時間が、どれだけ大切なものだったか。

そんな毎日と、真琴《まこと》という存在のかけがえのなさ。

だから――、

「それが大切だったって。宝物だったって、今更気付いたよ」

――真琴《まこと》の目をまっすぐ見て、俺は言う。

「ありがとう、真琴《まこと》。一緒にいてくれて。三年間、俺のそばにいてくれて」

真琴《まこと》が——面食らった顔になる。

そんなこと言われると思っていなかった表情。

動揺のせいで、揺れ始めるその瞳——。

「え、ええ……」

髪を掻《か》き、真琴《まこと》はそんな声を漏らした。

「ど、どうしたんですか、そんな急に……」

「急にじゃないさ、結構時間がかかったんだよ」

言って、俺は真琴《まこと》に届かないであろう自嘲をする。

「ずいぶん遠回りして失敗もして、やっとわかったんだよ。そんなことが」

「……ええ……？」

酷《ひど》く揺れている様子の真琴《まこと》。

その目が泳ぎ、手はギュッと握られている。

そして、

「……あ、あの！」

ふいに——真琴《まこと》が正面から俺を見た。

深海みたいな深みをたたえた瞳が、まっすぐに俺を射貫《いぬ》いた。

「わ、わたし、あの……先輩のことが……」

酷《ひど》く揺れる声色《こわいろ》。

たどたどしい言葉選び。

それでも彼女は――、

「好きです……」

――その台詞《せりふ》だけは、澱《よど》むことなくはっきりと言い切った。

「ずっと前から、好きでした……」

「……そっか」

うなずくと――真琴《まこと》はもう一度混乱に陥る。

「いや、その……あれ……こんなこと、言うつもりなかったのに……」

その目が泳ぎ、額に汗が浮かび始める。

「なんでわたし、こんないきなり……でも、本当にそうで。ずっと、前からで……」

「……うん、ありがとな」

そんな真琴《まこと》に、ほほえみながら俺は言った。

「そんな風に言ってくれるの、すごくありがたいよ。それだけで、こんな生活を選んでよかったなって、本気で思える」

「……そ、そうですか」

「でも……ごめんな」

申し訳なさに唇を噛《か》み、俺は俺自身の気持ちを伝える。

「その気持ちには、応えられないんだ。他に好きな人がいるから。その子のそばに、どうしてもいたいって思うから」

「……えっと、それは」

真琴《まこと》は冷静な顔になると、俺を覗《のぞ》き込《こ》み、

「二斗《にと》先輩……ですか？」

「ああ」

迷うことなく、俺ははっきりと真琴《まこと》にうなずく。

「あいつが好きなんだ。今でも、そばにいたいと思うんだよ」

この時間軸では――とっくに距離の離れてしまっていた彼女。

あの子が成功するにつれ、俺たちの関係は遠ざかっていき、最終的にはフェードアウト。

他人同士になってしまった、俺の元恋人。

でも、今も胸には二斗《にと》への気持ちがある。

初めの頃と変わらず、強く脈打っている。

その気持ちを、裏切るわけにはいかない――。

「……そうですか」

ふうと息を吐き、真琴《まこと》は伸びをした。

「まあ、そんな予感はしてました。ここまで告れなかったのも、それに気付いてたからだと思いますし」

「……うん」

「でも……」

　と——真琴《まこと》はもう一度俺を見る。

　申し訳なさに眉を寄せる俺に、決して敗者の表情ではなく。

　挑みかかるような表情で、こう宣言する。

「わたし——諦めませんから」

　その顔に浮かぶ笑み。

　きゅっと閉じた口元と、意思の籠もった瞳——。

「二《に》斗《と》先輩がいようと、わたし諦めません。だって……先輩、わたしのこと好きだもん」

　——思わず、こちらもほほえんでしまった。

「先輩が、わたしのこと死ぬほど大事にしてるの、わかってるもん」

「……本当だな」

　真琴《まこと》の言う通り——俺はどれだけ真琴《まこと》のことが大切なんだろう。

　この子のためなら、重ねてきたすべての時間を無駄にさえできる。

それは確かに、死ぬほど大事にしてる、としか表現できないと思う。

「覚悟しておいてください」

視線を前に戻し、晴れやかな声で真琴《まこと》は言う。

「絶対に、先輩を夢中にさせるから。二斗《にと》先輩より、わたしの方がふさわしいんだって、わからせるから」

「あはは、楽しみにしてるよ」

この子との結末がどんなものになるのかは、俺にはわからない。

彼女の言う通りになるのかもしれないし、辛《つら》い思いをさせるのかもしれない。

それでも、今は確かに楽しみで。

未来があることがうれしくて、それを素直に、真琴《まこと》に伝えたいと思った。

そんなタイミングで──、

「……ん？」

ふいに隣で真琴《まこと》が周囲を見回し、怪訝《けげん》そうな声を上げる。

「何だろ、みんな様子が変ですね」

「……ほんとだ」

言われて視線をそちらに向ける。

それまで会話を弾ませ、あちこちで写真や動画を取り合っていた卒業生、在校生たち。

彼らが何やら不安げな顔で、小さくざわめき出していた。

スマホの画面をじっと見つめる者、メールを打っているのか忙《せわ》しなく指をディスプレイに走らせる者。

その景色に……ああ、と思う。

今回も、そのときが来たんだ。

その事実が知れ渡る、そのときが――。

「……嘘《うそ》でしょ⁉ なんで⁉」

ふいに、卒業生の中から大きな声が上がった。

見れば――小柄で派手な女子生徒が唇を震わせている。

かつて俺の親友だった、そして今は、すべてを忘れてしまった五十嵐《いがらし》さん――。

「二十日から⁉ 一週間前じゃん！ わたし、何も聞いてない！」

それをきっかけにして、あっという間に動揺が膨らむ。

ざわめきが一層色濃くなる。

「……先輩」

その様子を眺める俺に、スマホを見ていた真琴《まこと》が硬い声を上げる。

「これ……」

そう言って、彼女はその画面をこちらに向けた。

俺は表示されているニュースサイトに目をやり、

【速報】歌手のｎｉｔｏさん、遺書を残して失踪か？

27日正午、歌手のｎｉｔｏさん（18）と連絡が取れなくなっていると、所属事務所のインテグレートマグが明らかにしました。

プレスリリースによりますと、20日に都内でリハーサルがあったのを最後にｎｉｔｏさんとの連絡が取れなくなり、一人暮らしの自宅を訪ねたところ知人に宛てたと見られる手紙が残されていたとのことでした。

すでに捜索願が出されており、警視庁ではｎｉｔｏさんの行方を探しています。

前回と、全く同じ文面だった。

あの日俺を打ちのめした、すべての始まりになったそのネット記事。

けれど、今回の俺は。あの頃よりも、ほんの少しだけ成長した俺は、

「――よし」

座っていたベンチから立ち上がる。

そして、真琴《まこと》の方を振り返ると、

「行こう」

そう言って、歩き出した。

さっきまで俺たちがいた――校舎。

天沼《あまぬま》高校の、部室棟へ向けて――。

「ちょ、い、行くってどこに⁉」

言いながら、真琴《まこと》はついてくる。

「急にどうしたんですか⁉　先輩、何を……」

そんな彼女に、俺は小さく笑ってみせると――、

「二斗《にと》のところに行くんだ」

――はっきりと、そう伝えた。

「あの子が待ってる場所に、会いに行くんだ――」

＊

――昇降口を抜け、階段を上る。

廊下を歩き——その扉の前に立つ。

あまりにも見慣れすぎて、日常になっているその光景。

初めての高校生活でも、それ以降の繰り返しの中でも、俺にとって『ホーム』だったこの場所——。

「……部室、ですか？」

俺の隣で、真琴《まこと》は困惑の声を上げた。

「ここに、二斗《にと》先輩が？」

「ああ」

うなずいて、俺は扉の取っ手に手をかける。

「ここにいるはずなんだ」

——長い長い時間をかけて。

彼女のそばにいようとあがく中で、俺は理解した。

人生をかけて追求をする人間。

その願いが破綻したときに、何が起きるのか。

二斗《にと》がその立場に置かれたときに、どんな行動を取るのか。

——扉を開け、部屋の中を見回す。

真琴《まこと》と俺、二人だけで過ごした部室。

時間移動をしていたときと違って……機材はほとんどない。
学校の不要な備品が置かれた、ほとんど物置のような部屋。
そして、片隅に置かれているアップライトピアノ――。
けれど――目的の場所は、そこじゃない。
その隣にある、もう一回り狭い空間。
――準備室だ。
二斗《にと》が、落ち込む度に訪れていたその場所。
時間移動やループの話をするために、二人で何度も籠もった部屋――。
――二斗《にと》は、絶対に自らの命を絶たない。
強い確信が、俺にはあった。
彼女は、周囲を傷つける自分が許せなかった。
自分の存在のせいで、周りの人生が狂っていくのを許せなかった。
そんな彼女が――自分の命を絶てば。
自らの人生を終わりにすれば、これまでのすべてを越えて周囲の人を傷つける。
悲嘆に暮れる人、責任を感じる人。
間違いなく、彼ら、彼女ら自身の人生がめちゃくちゃになる。
二斗《にと》はそれを理解しているし、だからこそ、自分を投げ捨ててしまうことができない。

じゃあ……そんな彼女がどうするか。

失踪から一週間。何をしていたのか。

ここからは、俺の予想でしかないけれど——さまよっていたんじゃないかと思う。

自分にゆかりのある土地を、人生の出来事が起きたその舞台を、彼女はさまよっていた。

そして——今日。

卒業式のあった今日。

きっと彼女は、ここに来ている。

最後に俺たちの様子を見るために。

自分が傷つけた人々が集う、この景色の中にいるために。

「……よし」

部室の中を横切り、準備室の扉に手をかける。

「開けるぞ……」

「はい……」

真琴《まこと》とうなずき合い、腕に力を込める。

扉が開き——埃《ほこり》っぽい空間が、目の前に広がる。

小さな明かり取りから差し込む、昼の日差し。

クリーム色のそれが部屋を染めて、なんだか懐《なつ》かしさに胸がきゅっとなる。

そして——気付いた。

その部屋に、小さな音が流れていることに。

小型のスピーカーから響くような、会話の音がすることに——。

『……ねえ、たとえば十年……経《た》ってさ……』

『……とっくに高校卒業して……とにかく大人になった頃……』

『……巡《めぐり》と部室で過ごしたことを……ろうなって思った……そんな時期があった。……青春だったって……』

——背筋に走るものがあった。

鼓動が高鳴り、全身に汗が噴き出す。

その会話には——覚えがある。

間違いない、強い印象とともに、そのやりとりは頭に焼き付いている——。

会話の音は鳴り続けている。

それまでの女子の声と入れ替わりに、今度は男子の声が響いて——、

『……好きなんだ、二斗《にと》のこと……付き合って、もらえない……』

『……えー、この流れで……』
『……よな、ご……』
『普通も……こまって告るでしょ……』
――告白シーンだった。
俺にとって、一度目の高校生活。
初めて二斗《にと》に告白したシーン。
確かにあのとき、二斗《にと》はカメラで撮影の準備をしていて。
このやりとりも、しっかり彼女のスマホで収められていて――。
「……二斗《にと》」
俺は――音のする方を向く。
準備室の一番奥、いつも彼女が座っていた辺り――。
そして、
「やっぱり――ここにいたんだな」
見つけた。
そこに――ずっと探し求めていた二斗《にと》の姿を見つけた。

壁に背中を預け、床に崩れるように座り込んでいる二斗《にと》。
長い髪が乱れに乱れて、顔や肩にこぼれている。
糸の切れた操り人形のような体勢。投げ出された裸足《はだし》の足。
身体《からだ》に纏《まと》っている、汚れてよれた制服。
手には、動画を再生中なんだろう、彼女のスマホが力なく握られている。
髪の隙間から覗《のぞ》く目は——驚いたようにこちらを見ていて。
生気のない色合いの顔は、ぎこちなくこわばっていた——。
——それでも。そんな風に、疲れ果てた彼女の姿でも、
「……やっと見つけたよ」
胸に——愛おしさが湧き出した。
全力で高校時代を駆け抜けた。
何度も繰り返して、理想に近づこうとした。
その度に酷《ひど》く消耗して、こんな風になってしまった二斗《にと》。
けれど、はっきりとわかる。
俺は、彼女に恋をしている——。
ゆっくりと、彼女のそばに歩み寄ると、

「……遅くなってごめん」

まずは、そう謝った。

「こんな風になるまで、力になれなくってごめん。俺が間違ってたよ……」

本当に、どれだけふがいない俺だったんだろうと思う。

けれど、ようやくここに来ることができた。

ギリギリのところで、二斗《にと》を助けに来れた――。

「……な、なんで」

そう言う二斗《にと》の声は、聞いたことがないほどにかすれていた。

「なんで、巡《めぐり》が、ここに……」

「……そりゃ、そう思うよな」

あまりに真っ当な問いに、思わず笑ってしまった。

二斗《にと》の成功と同時に、彼女のそばを離れた俺。

救いの手を差し伸べるどころか、フェードアウトして逃げ出した俺。

そんな俺がなぜ今頃、こんなところに現れるのか――。

「でも俺……わかったんだ」

俺は、まっすぐ二斗《にと》の目を見て言う。

「俺自身が本当は、二斗《にと》の隣にいられるやつなんだって」

二斗《にと》の目が、小さく見開かれる。

「それだけじゃない……俺は知ってるんだよ！　五十嵐《いがらし》さんと二斗《にと》が、新しい関係を見つけられることも！　六曜《ろくよう》先輩が、誰かに助けを求められることも！　それに……俺が、小惑星を見つけられることも！」

思い出す景色たちがある。

二斗《にと》と二人、部員探しをした放課後。

ビラを配って声を張り上げて、初めて全力になったあの経験。

五十嵐《いがらし》さんと、趣味を探して歩き回った日々。

自分とは違うタイプの彼女と、心を通わせられると知った驚き。

六曜《ろくよう》先輩と駆け回った校舎。

人と気持ちをぶつけ合うこと、その先で深く絆《きずな》を結ぶこと。

真琴《まこと》と見上げた、星のきらめく夜空。

遥《はる》か先を目指す苦しさと、それでも止めることのできない欲求。

そして最後に——ようやく並び立つことのできた二斗《にと》。

対等になった彼女と、抱きしめ合う幸福。

それを、俺は知っている。

この頭が、身体《からだ》が、すべてを覚えている。

二斗《にと》の表情が——泣きそうに歪《ゆが》んだ。

その目に涙が浮かび、今にも零《こぼ》れ出しそうに潤む。

「……なんでだろ」

かすれる声を、二斗《にと》が震わせる。

「そんな未来を……見たことがある気がする。萌寧《もね》と坂本《さかもと》が仲良しで、六曜《ろくよう》先輩も元気で……

芥川《あくたがわ》さんも、そこにいて……」

「……そうだよ」

彼女の言葉に、笑ってしまいそうになった。

そうだ、きっと二斗《にと》だって知っているんだ。

俺たちにそうできること。そんな未来が、あったかもしれないこと——。

「だから……会いに行こうぜ」

俺はそう言って、彼女に手を差し伸べる。

「五十嵐《いがらし》さんと六曜《ろくよう》先輩に会いに行こう。俺たちは友達になれる。親友に、相棒にだってなれるんだ」

二斗《にと》の目に——小さく光が宿った。

「それに……俺たちも、もう一度恋人になれるはず」

二斗《にと》がおずおずと、こちらに腕を伸ばした。

けれど、ふと気付いた顔で手を引っ込めると、

「わ、わたし……汚い。一週間くらい、お風呂《ふろ》も入ってない……」

「構わないよ」

もう一度、笑ってしまった。こんなときも、二斗《にと》は二斗《にと》のままだ。

かわいい俺の恋人、二斗《にと》のまま――。

だから、

「もう、時間移動もループも要らない」

はっきりと、俺は彼女に言う。

「俺たちは俺たちのままで、きっとうまくいく」

まだ、すべては理解できない様子で。

けれど――決意を固めるように、二斗《にと》はうなずいた。

だから、俺は二斗《にと》に笑いかける。

きっと、俺たちの先には色んな出来事が待っている。

希望もある。絶望もある。

うれしさもあるし悲しみもある。

それでも、前に進める。俺は、そうできることを知っている。

あの日々が、消えてしまった時間が、俺の背中を支えている――。

「さあ！」

そして俺は――もう一度、二斗《にと》に手を伸ばした。

「『あした』に行こうぜ、二斗《にと》！」

あした、
裸足でこい。

Tomorrow,
when spring
comes.

二斗《にと》が俺の手を取る。

立ち上がり、正面から向き合い、彼女は小さくほほえんだ。

こうして、俺たちの『あした』がやってきた。

新しい春が——今はじまった！

あとがき

新しいスタート地点。

それが僕にとっての『あした、裸足《はだし》でこい。』だったように思います。


今作を書き始める前に、僕にとって大きな変化がいくつかありました。

まず、沢山の人に読んでいただけた『三角の距離は限りないゼロ』の本編が終わったこと。

そして、思い入れを全力で詰め込んだ『日和《ひより》ちゃんのお願いは絶対』も完結したこと。

この二つは大きかったですね。

作家人生の一つの区切りでした。

できることは全部出し尽くしたなと、そういう体感もありました。

そしてもう一つ。デビューからずっと二人三脚でやってきた担当K氏が職場を変えることになり、新たにS氏が編集者になってくれたこと。

これも大きな変化だったなー。

それまで、他の人と小説を作ったことはほとんどなかったですからね。

S氏がどんな人なのか、そもそも編集者の交代によって何が変わるのかも、最初はよく分かっていませんでした。

『あした、裸足《はだし》でこい。』はそういう状況で。

つまり、自分にとってまっさらに戻ったような状況の中で生まれた作品でした。


正直、やっぱり不安はありました。

これまでみたいに全力でやっていけるのかとか。

変なところでつまずいたりしないかとか。

それまでの作家人生が非常に恵まれたものだった分、「これをきっかけに色々悪い方に変わっちゃったら……」なんて思ってもいました。

で、今回『あした、裸足《はだし》でこい。』をラストまで走り終えて。

最終巻まで書かせてもらって、はっきり実感しました。完全に杞憂《きゆう》だったなと。

S氏はすごく誠実に作品に向き合ってくれる、そして僕に新しい視野をくれる超敏腕若手編集氏だった。そして僕自身も、まだまだ書きたいものが山ほどあった。

そんなことに気付けた、とても幸福な全五巻だったと思います。


その過程で、沢山の人に力を貸してもらうこともできました。

『三角の距離は限りないゼロ』に引き続き、イラストレーターのHitenさん。

ラフをいただく度、完成版のデータをいただく度に、その素晴らしさに息を吞《の》みました。

担当氏に返すメールの文面が、喜びのあまりポエム風になってしまうほどでした。

そして、コミカライズを担当してくれている、犬井《いぬい》あやとり先生。

小説って、自分で書いているとその面白さが客観的にわからなくなったりするんですよね。けれど、犬井《いぬい》先生のコミカライズ原稿をいただく度に「面白い！」「こんなに面白い話を僕は書けていたのか！」とうぬぼれることができました……。

というか、犬井《いぬい》先生のアレンジが良すぎて、何度も「原作もこうすればよかった！」と思ったりもしました。

それから、何より読んでくださった読者の皆さん。

応援、本当に本当にありがとうございます。

おかげさまで今作を、最初に思い描いたストーリーラストまで書ききることができました。

坂本《さかもと》たちの物語を楽しんでもらえたなら、これ以上にうれしいことはありません。

さて、そんな『あした、裸足《はだし》でこい。』。

内容面でも、僕にとって非常に大切な作品になりました。

あまり多くを語りすぎたくはないんですけど、きっとこれは僕らの青春の話なんだと思います。僕と、これを読んで楽しんでくれた皆さんのお話なんだろうと。

確かに、僕らは時間を移動することはできません。

過去を書き換えることも、後悔をなかったことにすることもできません。けれどきっと、坂本《さかもと》の奮闘は僕たちと変わらない、最終的には僕らができるのと全く同じものなんじゃないかと思います。だから今作が、皆さんの中に少しでも残ってくれれば。楽しんでいただけて、その上で皆さんのこれからの糧《かて》になればと、心から願っています。

というわけで、僕にとっての二度目のスタートライン『あした、裸足《はだし》でこい。』でした。

おかげさまで、とても良《い》い再スタートを切れました！

作家デビューして十年経《た》つのに、書きたいものやりたいことが全くなくなる気配がありません。モチベーションはより高くなってさえいる気がします。

今現在、新しい作品を複数同時で制作している状況です。

すでに情報が出ているかもしれないですね。

そのはじまりに当たる今作。楽しんでいただけたようだったら、また次でもお会いできると幸いです。本当にありがとうございました！

坂本《さかもと》、二斗《にと》、萌寧《もね》と六曜《ろくよう》もお疲れ！　またどっかで会おう！

岬　鷺宮《みさきさぎのみや》

◉岬 鷺宮著作リスト

「失恋探偵ももせ1〜3」（電撃文庫）
「大正空想魔術夜話 墜落乙女ジェノサイド」（同）
「魔導書作家になろう！1〜3」（同）
「読者《ぼく》と主人公《かのじょ》と二人のこれから」（同）
「陰キャになりたい陽乃森さん Step1〜2」（同）
「三角の距離は限りないゼロ1〜9」（同）
「日和ちゃんのお願いは絶対1〜5」（同）
「空の青さを知る人よ Alternative Melodies」（同）
「恋は夜空をわたって1〜2」（同）
「あした、裸足でこい。1〜5」（同）
「失恋探偵の調査ノート〜放課後の探偵と迷える見習い助手〜」（メディアワークス文庫）
「放送中です！にしおぎ街角ラジオ」（同）
「踊り場姫コンチェルト」（同）
「僕らが明日に踏み出す方法」（同）

本書に対するご意見、ご感想をお寄せください。

ファンレターあて先
〒102-8177　東京都千代田区富士見2-13-3
電撃文庫編集部
「岬 鷺宮先生」係
「Hiten先生」係

本書は書き下ろしです。

電撃文庫

あした、裸足《はだし》でこい。5

岬《みさき》 鷺宮《さぎのみや》

2024年4月10日　初版発行

発行者　山下直久
発行　株式会社KADOKAWA
〒102-8177　東京都千代田区富士見2-13-3
0570-002-301（ナビダイヤル）
装丁者　荻窪裕司（META＋MANIERA）
印刷　株式会社暁印刷
製本　株式会社暁印刷

ISBN978-4-04-915598-3　C0193　Printed in Japan

電撃文庫　https://dengekibunko.jp/

那西崇那
Nanishi Takana
[絵] NOCO
絶対に助ける。
――たとえそれが、
彼女を消すことになっても。
蒼《そう》剣《けん》の歪《ゆが》み絶《だ》ち
VANIT SLAYER WITH TYRFING
ラスト1ページまで最高のカタルシスで贈る
第30回電撃小説大賞《金賞》受賞作
電撃文庫

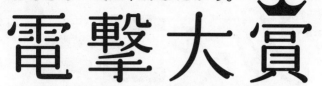